COWBOY DELTA-FORCE

EIN BODYGUARD FÜR DEN ENGEL

BROTHERHOOD PROTECTORS REIHE
BUCH VIER

ELLE JAMES

Übersetzt von
FRANZISKA POPP

COWBOY DELTA-FORCE

EIN BODYGUARD FÜR DEN ENGEL

BROTHERHOOD PROTECTORS REIHE
Buch 4

ELLE JAMES
New York Times & USA Today
Bestseller-Autorin

Übersetzt von Franziska Popp

Dieses Buch enthält explizite Darstellungen sexueller Handlungen und ist nicht für Leser unter 18 Jahren geeignet!

EBOOK ISBN: 978-1-62695-222-5

PRINT ISBN: 978-1-62695-223-2

*Dieses Buch ist meinen Lesern gewidmet. Dank euch
kann ich auch weiterhin Bücher schreiben. Ich liebe,
was ich tue und hoffe, dass es euch genauso geht.
Vielen Dank für eure Unterstützung!
Ein ganz besonderer Dank geht an Delilah Devlin,
meine Schwester.*

KAPITEL 1

JOHN WAYNE MORRISON drehte sich auf dem Barhocker um und betrachtete die Leute in der Blue Moose Taverne. Er befand sich in Montana, in einem kleinen Städtchen namens Eagle Rock und versuchte, sich daran zu erinnern, wie man sich als normaler Mensch verhielt.

In einer Ecke standen eine Gruppe Cowboys, die Münzen auf eine Klapperschlange warfen. *Die arme Schlange*, dachte Morrison, *warum war sie nur in die Bar geschlängelt?*

„Dein Bier." Der korpulente Barkeeper knallte ein Bierglas auf den Tresen und ließ den Inhalt so über den Rand schwappen. Er bemerkte die Cowboys, schmutzig von der Arbeit, und brüllte: „Hey, schafft mir die Schlange aus der Bar!" Dann murmelte er: „Verdammte Idioten. Bis einer verletzt wird. Ich wette, dass die Schlange klüger ist als alle zusammen."

„Gehören Klapperschlangen hier zum Unterhaltungsprogramm?", fragte John.

Der Barkeeper wischte das übergelaufene Bier vom Tresen. „Ruhige Nacht." Misstrauisch zog er die Augenbrauen zusammen. „Bist neu hier. Ich bin Butch." Der Mann streckte eine fleischige Hand aus. „Name?"

„John Morrison. Meine Freunde nennen mich Duke." Er packte die Hand des Mannes und schüttelte sie. Er war kräftiges Händeschütteln von seinen Männern bei der Delta-Force gewohnt, doch die Kraft des Barkeepers traf ihn unvorbereitet. Er verstärkte seinen Griff, bis der andere Mann seine Hand lockerte und losließ.

„Duke?" Butch streckte seine Finger und wandte sich wieder seiner Aufgabe hinter der Bar zu. „Ist dein Zweitname Wayne?"

Er hatte sich bereits damit abgefunden, dass er überall wegen seines Namens geärgert wurde, und nickte resigniert. „Korrekt. Mein Vater war ein riesiger Fan von Westernfilmen und hat mich John Wayne getauft."

„Und du nutzt seinen Spitznamen als deinen Spitznamen. Macht Sinn."

„Nicht, dass ich mir das ausgesucht habe." Duke nahm einen großen Schluck von seinem Bier und das kühle Getränk glitt seine Kehle hinunter. Die Fahrt von Fort Hood in Texas hatte ihn zwei Tage durch die einsamsten Gegenden geführt. Jetzt befand er sich in Montana. Er freute sich auf die Berge, wollte jagen gehen, im See fischen und reiten. Zur Hölle, es war zwölf Jahre her, dass er auf einem Pferd gesessen hatte. Die Zeit vor der Armee fühlte sich wie ein anderes Leben an.

„Was bringt dich nach Eagle Rock?", fragte Butch.

Duke schnaubte. „Jetzt bin ich wieder Zuhause."

„Zuhause? Wo bist du gewesen?"

„Beim Militär." Sein Magen zog sich zusammen und sein Knie pochte. In den vergangenen zwölf Jahren hatte er sein Leben dem Schutz des Landes verschrieben.

„Welcher Zweig?", hakte der Barkeeper nach.

„Army."

„Ich war in der Marine", sagte Butch. „Warst du im Einsatz?"

Duke nickte.

„Hast viel erlebt, oder?"

Wieder nickte Duke, ohne Informationen mit Butch zu teilen. Seine Missionen waren alle Top Secret gewesen. Nur die Leute, die die Befugnis hatten, wussten mehr darüber. Sein letzter Auftrag war so geheim gewesen, dass nur der US-amerikanische Außenminister und der Präsident davon wussten.

„Du redest nicht viel, oder?" Butch hob eine Hand. „Nicht, dass mich das stört. Viele Männer kommen nach einem harten Tag in die Bar und erwarten in mir einen Therapeuten zu finden. Von Problemen mit dem Boss bis zu den Frauen; ich habe schon alles gehört." Der Barkeeper wandte sich wieder dem Abwischen des Tresens zu. „Du bist eine nette Abwechslung. Du sitzt einfach auf dem Hocker und schweigst vor dich hin."

Duke schenkte ihm ein zögerliches Lächeln, nahm sein Bier in die Hand und widmete sich dann wieder seinem neuen Hobby: dem Leute beobachten.

Ein junger Mann steckte etwas Geld in die Jukebox und ein *Heul in dein Bier*-Song wurde angestimmt. Mehrere Cowboys führten ihre Ladys auf die kleine Tanzfläche neben einer leeren Bühne.

Das Bier, die Musik und die entspannte Atmosphäre trösteten Dukes erschöpfte Seele. Nach seinem Bier würde er zum Bed & Breakfast zurücklaufen und die Nacht dort verbringen. Morgen würde er sich mit Hank Patterson, seinem neuen Boss, auf der White Oak Ranch treffen. Anschließend würde er seinen ersten Auftrag als Bodyguard entgegennehmen und jemanden beschützen, der genug Geld hatte, um sich die Dienste der Brotherhood Protectors leisten zu können.

Das Lied endete und Duke trank den letzten Schluck seines Biers. Er stand auf, suchte gerade nach seinem Geldbeutel, als er sein Handy hörte.

Er blickte auf den Bildschirm und grinste. Eine Anfrage zum Videochat von Rider – ein Kumpel von seiner ehemaligen Einheit aus Fort Hood. Er nahm den Anruf an. „Hey, Sackgesicht. Vermisst du mich etwa schon?"

Neben Rider tauchte ein weiterer Freund von ihm auf: Blaze. „Natürlich vermissen wir dich. Wann wirst du zur Vernunft kommen und dich uns wieder anschließen?"

Rider schubste Blaze aus dem Sichtfeld und grinste in die Kamera. „Wir wollten nur sichergehen, dass du gut angekommen bist. Ohne dich ist das Team einfach nicht dasselbe."

Riders Worte brachen Duke das Herz. Er hasste es, dass er seine Männer verlassen musste. Sie waren wie Brüder für ihn. „Ja, na ja, ihr werdet auch ohne mich klarkommen müssen. Bald bekommt ihr Frischfleisch zum Ärgern."

Blaze schob sich wieder ins Bild. „Aber wir mochten das alte Fleisch, dem wir bedingungslos vertrauen konnten", sagte er.

„Wann fängst du bei deinem neuen Job an?", fragte Rider.

„Morgen", sagte Duke. „Dann treffe ich mich mit dem Gründer der Brotherhood Protectors. Hank Patterson ist sein Name. Soll ich ein gutes Wort für euch einlegen?"

„Klar!", sagte Rider. „Schließlich weiß man ja nie, was passiert. Zumal ich auch nicht jünger werde."

„Sprich das besser zuerst mit Briana ab, bevor du einen Umzug nach Montana planst. Die Winter hier sind kalt."

Rider nickte. „Werde ich tun. Unser Team verdient ein paar Tage Urlaub. Vielleicht kommen wir dich bald besuchen. Ich hab gehört, dass Fliegenfischen dort oben viel Spaß macht."

Duke lachte. „Was weißt du schon vom Fliegenfischen?"

„Nichts. Genau deswegen wirst du uns auch nicht so schnell los, oh Allwissender."

„Ist klar. Ich hoffe, ihr wisst, dass ihr immer willkommen seid."

„Dann steht es fest", sagte Rider, „sobald wir die Genehmigung haben, kommen wir dich besuchen."

„Sehr gut. Ich denke, es wird dir hier gefallen. Und du hast nicht ganz unrecht: Das Fliegenfischen macht Spaß."

„Wusste ich's doch." Rider grinste. „In der Zwischenzeit sollst du wissen, dass du uns jeder Zeit anrufen kannst, wenn du Hilfe benötigst."

Blazes Kopf tauchte wieder auf. „Oder wir eine Kaution für dich stellen müssen", warf er ein. „Und wenn du in der Einöde heiße Weiber siehst, gib ihnen meine Nummer." Er grinste. „Aber nur, wenn sie noch alle Zähne haben."

„Ich halte meine Augen offen", sagte Duke. „Ich werde ihnen das Bild zeigen, dass ich bei unserem letzten Picknickausflug von dir gemacht habe."

Rider lachte. „Die Ladys können es bestimmt nicht erwarten, einen Mann kennenzulernen, der zu seiner weiblichen Seite steht und genau weiß, wie man sich in Omaklamotten kleiden muss."

Blaze runzelte die Stirn. „Das werdet ihr mich niemals vergessen lassen, oder?"

Duke schüttelte den Kopf. „Niemals."

„Das bedeutet, dass ich die Frauen von Montana von meiner Liste streichen kann, wenn Duke mit unvorteilhaften Beweisbildern durch die Gegend rennt."

„Aber ohne Scheiß, Duke", sagte Rider, „wenn du uns brauchst, musst du nur den Hörer abnehmen."

„Danke. Es ist gut zu wissen, dass ich trotz der Entfernung auf euch bauen kann."

„Wir hören uns wieder", sagte Rider.

„Macht's gut." Duke beendete den Videoanruf mit einem Lächeln und sah auf, als der Eingangsbereich Trubel ankündigte.

Ein Mann in einer Windbreaker-Jacke trat rückwärts in die Taverne. Auf seiner Schulter balancierte er eine Kamera, die er auf die offene Tür richtete.

Duke gab dem Barkeeper seine Kreditkarte. Seine Neugierde stellte sicher, dass er sich rechtzeitig wieder zum Eingang drehte, um mitzuerleben, wie eine Blondine in die Bar stolziert kam.

Sie trug eine Sonnenbrille auf ihrer Nase, obwohl es nicht nur draußen, sondern auch in der Taverne dunkel war. Nach vier Schritten stolperte sie plötzlich über ihre eigenen Füße, wankte auf himmelhohen High-Heels und krachte gegen den Kameramann.

Bevor er auf seinen Hintern fiel, riss er die Hände in die Höhe, und sicherte das teure Stück Technik.

Derweil gewann die Blondine ihr Gleichgewicht zurück. Gekonnt richtete sie ihre Jacke, zog die Sonnenbrille auf die Nasenspitze zurück und betrachtete den Kameramann. „Beweg dich, du tollpatschiger Nichtsnutz!"

Zwei Cowboys packten den Mann unter den Schultern und halfen ihm auf die Füße.

„Sorry, Miss Love", sagte er. „Ich wollte Ihnen nicht im Weg stehen." Ohne einen Moment zu zögern, hob er die Kamera wieder auf seine Schulter und filmte weiter.

Die Frau zischte, bedeckte die Kameralinse mit einer Hand und rannte an ihm vorbei, wodurch sie ihn beinahe ein zweites Mal gen Boden geschickt hätte.

Sie steuerte auf die Bar zu, knallte ihre riesige Designertasche auf den Tresen und bestellte: „Mango Martini. Wodka. Geschüttelt, nicht gerührt." Sie hob zwei Finger. „Mach zwei daraus."

Dann senkte sie ihr Kinn, sah über ihre

Sonnenbrille hinweg und fand mit einem interessierten Funkeln in den Augen den Blick von Duke. „Mmm. Wenn in der Gegend alle Männer wie du aussehen, könnte ich mich an Montana gewöhnen."

Duke sah keinen Grund, ihr zu antworten. Sie war nicht sein Typ – zu besoffen und zu anstrengend. Sobald er seine Kreditkarte zurückhatte, würde er die Diva stehen lassen und dem Ruf seines Bettes folgen.

„Diese Bar ist der einzige Ort in diesem Kaff, wo man einen ordentlichen Drink bekommt." Mit einer Pobacke setzte sie sich auf den Hocker und lehnte sich gegen den Tresen. „Ich kann es nicht erwarten, in einer Woche wieder nach L.A. zu kommen." Sie legte ihre Hand auf seinen Arm und krallte sich an seinem Hemd fest. „Sag mir bitte, dass du nicht von hier kommst. Ich will mich mit jemandem unterhalten, der seinen Kopf nicht schon so oft angestoßen hat, dass nur noch Scheiße aus dem zahnlosen Maul quillt."

„Ich muss Sie enttäuschen. Ich bin aus Montana." Dukes Mundwinkel zuckten. „Meine Zähne sind dennoch echt." Er grinste, um es ihr zu beweisen.

Der Barkeeper servierte zwei Martinis. Dann lehnte er sich über den Tresen und flüsterte zu Duke: „Dir ist schon klar, dass das Lena Love ist, oder? Du kannst dich verdammt glücklich schätzen."

Duke fühlte sich nicht besonders glücklich. Die Frau neben ihm hielt sich mit ihren Krallen noch immer an seinem Arm fest und trank ihre Martinis in einem Zug.

„Scheiß verdünnte Drinks. Auf diese Weise werde ich nie etwas spüren." Sie hob die Hand. „Noch zwei. Und dieses Mal kannst du mit dem Wodka ruhig etwas großzügiger sein." Sie öffnete ihre riesige Handtasche, kramte darin herum, zog ein Pillendöschen heraus und schüttelte zwei Pillen in ihre Handfläche. „Die Bar riecht nach schwitzendem Mann." Sie lehnte sich zu Duke und schnüffelte. „Du bist ein schwitzender Mann." Sie leckte über seinen Hals. „Mmm, du schmeckst salzig."

Duke zuckte zusammen und lehnte sich ruckartig von ihr weg. Das Verhalten dieser Frau widerte ihn an. Er verspürte plötzlich den Drang nach einer Dusche.

Der Barkeeper stellte wieder zwei Martinis vor sie. Sie warf die Pillen in ihren Mund und schluckte sie mit dem ersten Glas. „Schon besser." Ohne zu zögern, nahm sie auch den vierten Martini, leerte das Glas und wandte sich dann der Tanzfläche zu.

„Wissen die denn alle nicht, wie man richtig feiert?" Sie schüttelte den Kopf und kramte in ihrer Handtasche. Als sie nicht fand, wonach sie suchte, rief sie: „Phillip! Ich brauche zwei Dollar!"

Ein Mann in einem Anzug kam aus den

Schatten. „Lena, denkst du nicht, dass wir verschwinden sollten? Du hattest doch jetzt deine Drinks."

„Verdammt, nein." Sie streckte die Hand aus und wackelte mit den Fingern. „Zwei Dollar, verdammt nochmal."

Phillip zog zwei Dollar aus seiner Geldbörse und gab sie ihr.

Lena klatschte das Geld auf den Tresen. „Vierteldollar-Münzen."

Butch funkelte die Frau mit einem wütenden Blick an, wechselte ihr aber das Geld und knallte ihr die Münzen vor die Nase.

„Unverschämtes Arschloch", murmelte Lena. Sie nahm die Münzen, rutschte vom Hocker und wäre dabei beinahe von ihren High-Heels gefallen. Mit einer Hand auf Dukes Knie fand sie ihr Gleichgewicht, zwinkerte ihm zu und schwankte zur Jukebox.

Sie warf alle acht Münzen in den Automaten. Ein Country-Song ertönte und sie begann, ihre knapp bekleidete Hüfte im Rhythmus des Songs zu wiegen. Nachdem sie mehrere Lieder gewählt hatte, richtete sie sich auf und wartete auf ihre erste Wahl.

Ihr Kopf bewegte sich zum Beat und sie sah sich im Raum um. Die Cowboys hatten sie im Blick und waren gespannt darauf, was sie als Nächstes tun würde.

In keinem schien sie zu sehen, nach was sie

suchte, bis ihre Augen zu Duke glitten. Sie zog die Augenbrauen zusammen und marschierte an Tischen und hochgewachsenen Männern vorbei. Lena Love steuerte genau auf ihn zu.

„Butch, ich brauche meine Kreditkarte zurück", sagte Duke. Sein Puls beschleunigte sich. Noch nie zuvor in seinem Leben hatte er eine solche Panik empfunden – selbst, als er in eine von der IS eingenommene Stadt musste, war er gelassener gewesen. Er wollte nicht länger in dieser Bar oder in der Nähe dieser Frau sein. Das Einzige, was sie verlangsamte, waren ihre High-Heels, zusammen mit dem konsumierten Alkohol und den Pillen. „Kreditkarte, Butch. Sofort."

Butch legte seine Karte und den Beleg auf den Tresen. „Sie hat dich im Visier, Junge. Lena Love, die Schauspielerin."

„Und wenn sie mir Lotterietickets bringen würde; ich habe kein Interesse. Sie ist das personifizierte Drama."

Duke drehte sich geschwind zu Butch, um seine Unterschrift auf den Beleg zu setzen und seine Karte zu schnappen. Als er wieder aufsah, musste er bemerken, dass es bereits zu spät war.

Miss Love stand direkt vor ihm. Mit einem aufgesetzten Augenaufschlag schob sie ihm ihre Brüste unter die Nase und streckte ihre Hand nach ihm aus. „Du. Tanzfläche. Jetzt."

Abwehrend hob er seine Hand. „Sorry,

Ma'am. Ich tanze nicht." Schon gar nicht mit Frauen, die so auf Droge sind.

Sie blinzelte und ihr anzüglicher Blick verschwand. Schock breitete sich auf ihrem Gesicht aus.

Hatte diese Frau noch nie das Wort ‚Nein' gehört?

„Ich wollte gerade gehen." Sie blockierte ihn, als er um sie herumlaufen wollte.

„Niemand sagt ‚Nein' zu Lena Love."

„Es gibt immer ein erstes Mal. Gewöhnen Sie sich dran."

Er trat auf die andere Seite. Für eine Betrunkene, die zu dem noch mit Drogen vollgepumpt war, bewegte sie sich schnell und stellte sich ihm erneut in den Weg.

Der Kameramann filmte den gesamten Austausch.

Duke warf dem Mann einen genervten Blick zu und wandte sich dann wieder der Frau zu. „Hören Sie zu, Miss Love. Ich saß in den letzten zwei Tagen im Auto. Ich bin müde und nicht in der Stimmung für Spielchen."

„Nur ein kleines Tänzchen", bettelte sie. „Mehr verlange ich nicht."

„Nicht interessiert."

„Vielleicht kann ich deine Meinung damit ändern."

Bevor er reagieren konnte, wurde Duke von zwei Doppel D-Brüsten begrüßt, genauso nackt, wie an dem Tag, an denen sie operativ vergrößert worden waren. Vor Gott und allen Anwesenden in der Bar hatte Miss Love blank gezogen.

Er war schockiert, sprachlos und bewegte keinen Muskel. Was war hier gerade passiert?

Die Cowboys grölten und warfen ihre Hüte in die Luft. Es folgten Rufe: „Mehr! Mehr! Zeig uns mehr!"

„Sehr gut, Baby! Zieh alles aus!", rief ein Hinterwäldler.

Würdigende Pfiffe erfüllten die Luft und schmerzten in Dukes Hörgängen.

Er packte Lenas Hände und zog daran, bis ihr T-Shirt wieder ihre Brüste bedeckte. „Ich meine es ernst: Ich habe kein Interesse. Heute nicht und auch nicht in der Zukunft. Gehen Sie mir einfach aus dem Weg." Er umfasste ihre Oberarme und hob sie zur Seite. Mit herunterhängender Kinnlade und den Augen zu Schlitzen verengt ließ er sie zurück.

Wenn er nicht schnell die Flucht ergriff, würde sich dich Frau auf ihn werfen und er müsste eine goldene Regel brechen: Schlage niemals eine Frau. Kurz dachte er an seine Mutter, die ihm diese Regel bereits als kleinen Cowboy klar gemacht hatte. Sein Sichtfeld verschwamm und Blut rauschte in seinen Ohren. Seine Handflächen waren feucht. Er fühlte sich in die Enge getrieben. Das erste Mal, seit er in der verdammten Stadt in Afghanistan unter einem Gebäude festgesteckt hatte.

Er überwand die Entfernung zum Ausgang und verschwand aus der Tür. Draußen rannte er zu seinem Auto, stieg ein und raste vom Parkplatz. Weit weg von der anmaßenden Diva, an der er kein Interesse hatte.

Sein Plan, sich seinem geliebten Heimatstaat Montana wieder anzunähern, war in die Hose gegangen. Er hoffte, dass sein zweiter Tag besser verlaufen würde.

KAPITEL 2

DAS KLOPFEN an ihrem Jeep-Fenster riss Angel aus ihrem Nickerchen. Normalerweise verharrte ihr Boss Lena immer länger in einer Bar, daher hatte Angel auf ein mindestens dreißigminütiges Nickerchen gehofft.

Angel erkannte Lenas Pressesprecher am Fenster ihres Jeeps und sein Gesichtsausdruck zeugte von Verzweiflung. Was hatte Lena nun wieder angerichtet?

Angel seufzte und rollte das Fenster mit einem Knopfdruck herunter. „Was ist los, Phil?"

„Sie tut es schon wieder. Und der Kameramann hat alles auf Film."

Angel rollte die Augen, sagte „Hol sie raus" und schloss das Fenster wieder.

Phillip steckte seine Hand zwischen das Fenster und den Rahmen, so dass es nicht einrasten konnte. „Du musst mir helfen. Wir müssen uns vor der Veröffentlichung des Video-beweises etwas einfallen lassen. Sie hat ihre Brüste vor einem Fremden entblößt! Das ist alles auf dem Gott verdammten Video!"

„Das ist dein Problem. Ich bin nur ihr Stunt-Double. Ich bin mir nicht mal sicher, warum du mich mit zur Bar gezerrt hast." Sie zuckte mit den Achseln. „Es ist mir egal, was sie tut, solange ich unverschämt gut bezahlt werde."

Seine Augen weiteten sich. „Sie ist irre! Wenn du bezahlt werden willst, musst du mir helfen, sie aus dieser Bar zu bekommen, bevor sie sich jede Chance auf weitere Angebote versaut."

Angel seufzte. Phillip schien ein netter Kerl zu sein. Sein einziges Manko war, dass er für die unerträglichste und narzisstischste Frau in Hollywood arbeitete. Und das mochte schon etwas heißen: Lena war immerhin von einer Vielzahl weiterer Möchtegernschauspielerinnen umgeben. Alle dachten sie, sie wären Gottes Geschenk an die Leinwand. *Gott stehe denjenigen bei, die ihnen nicht zustimmten.*

Lena thronte über allen und war die amtie-rende Drama-Queen.

„Was hat sie jetzt wieder angerichtet?" Angel fragte sich ernsthaft, wie sie den steilen Abstieg von einer respektablen Stuntfrau zu Lena Loves Stunt-Double geschafft hatte … auf der Lein-wand als auch im richtigen Leben. Sie seufzte unterdrückt, denn sie hatte nicht den geringsten

Schimmer. Andererseits offenbarte sich am anderen Ende ihres Rattenschwanzes an Gedanken ein recht plausibler Grund: Die Bezahlung war wirklich gut. Noch ein Jahr und sie konnte sich ihr eigenes Haus im Wald kaufen und es bar bezahlen. Dann könnte sie in einer Bücherei oder einer Autowerkstadt arbeiten. Sie sehnte sich nach einem Arbeitsplatz, an dem sie ihren Körper nicht durch Fenster werfen oder Motorräder durch Feuer fahren musste.

„Gerade hat sie einem anderen Kunden die Brüste gezeigt, weil er nicht mit ihr tanzen wollte."

„Den Mann mag ich jetzt schon." Angel zog den Schlüssel aus dem Zündschloss, stieg aus dem Auto und folgte Phillip in die Taverne.

Laute Musik mochte sie nicht. Cowboys mochte sie noch weniger. Meistens rochen sie wie Pferde und sie mochte keine Pferde. Jedenfalls nicht mehr, seit sie für Lena auf ein Pferd musste. Das Pferd war gescheut, als ein Lautsprecher mit einem lauten Knall vor die Hufe des Pferdes gefallen war.

An diesem Tag hatte Angel gedacht, dass sie sterben würde. Drei Meilen später, nach einem Sprung über einen Zaun und die Überquerung eines sechsspurigen Highways stoppte das Pferd erst, als es in einen Pool gefallen war. Sie hatte immer noch keine Ahnung, wie der Trainer das Pferd aus dem Wasser bekommen hatte. Sie wäre beinahe mit dem Pferd zusammen ertrunken und hatte danach nur knapp die Fahrt ins Krankenhaus mit dem lebensmüden Fahrer überlebt.

Reiten hatte sie danach immer abgelehnt. Sie hatte kurz davor gestanden, Lena zu sagen, wo sie sich ihr Geld hinstecken konnte.

Angel trug eine Baseball-Cappy, ein weites Sweatshirt und eine Jeans, die ebenso weit war. Gerade sah sie aus wie ein Teenager aus dem Ghetto. Niemand vermutete, dass sie mit dem richtigen Make-up und einem guten Hairstylist wie Lena Love aussehen konnte – jene stinkreiche Diva, die es aus irgendeinem Grund auf die Leinwand geschafft hatte.

Wie *glücklich* sie sich doch schätzen konnte. Wenn sie unvorsichtig genug war, dann wurde sie in L.A. in Geschäften aufgehalten und um Autogramme gebeten. Von Paparazzi verfolgt zu werden, gab ihr einen Eindruck vom Leben eines Stars. Angel hatte daran jedoch kein Interesse. Das war allein Lenas Ding.

Unglücklicherweise wurde Angel oftmals angefordert, Lena zu verkörpern, wenn das Sternchen unpässlich war. *Unpässlich* bedeutete in diesem Sinne, dass sie mit Drogen, Alkohol oder beidem gleichzeitig vollgepumpt war.

„Verdammt, wo ist sie hin?" Phillip stand auf den Zehenspitzen und suchte die Taverne nach der Blondine ab. „Als ich den Raum verließ, stand sie noch an der Bar."

„Ich geh auf den Toiletten nachsehen", sagte Angel. „Geh du zur Hintertür."

Phillip rannte in den hinteren Teil der Bar.

Angel hoffte, dass Phillip Lena bald fand. Sonst würde Angel der Diva erzählen, was sie von ihrem Theater hielt. Angel hatte keine Angst davor, Lena die Meinung zu geigen. Ob es was brachte, war eine andere Frage: Wenn Lena ausgenüchtert hatte, würde sie sich an kein einziges Wort von Angel erinnern.

Sie folgte dem Schild zu den Toiletten und betrat einen dunklen Korridor. Sie hatte eindeutig zu viele Horrorfilme gesehen. In Momenten wie diesen schrie das Publikum: „Geh nicht weiter!" Es passierte niemals etwas Gutes in dunklen Korridoren.

Trotz allem nahm sie ihren Mut zusammen, setzte einen Fuß vor den anderen und betrat schließlich die Damentoilette. Natürlich war auch diese vollkommen in Dunkelheit gehüllt. Mit der Hand auf der Wand bahnte sie sich einen Weg und lokalisierte den Lichtschalter.

Zuerst dachte sie, dass der Waschraum leer war. Sie drehte sich zum Gehen um, doch dann hörte sie ein Stöhnen.

„Lena?", fragte sie.

Wieder war ein Stöhnen zu hören. Angel hockte sich hin und sah unter den Kabinentüren durch. In der letzten Kabine fand sie Lena. Sie lag mit dem Rücken zu Angel auf dem Toilettenboden.

Angel rüttelte an der Tür. Sie war verschlossen. „Lena, du musst aufstehen und die Tür öffnen."

Ein weiteres Stöhnen folgte, ohne dass sich die Schauspielerin bewegte.

„Mein Gott, Lena, wenn du beabsichtigst, ins Koma zu fallen, dann lass doch wenigstens die verdammte Tür offen." Angel blickte gen Decke. Sie wusste, was sie zu tun hatte, und es gefiel ihr ganz und gar nicht. Es machte ihr nichts aus, durch den Dreck zu rollen, einen Feuerschutzanzug zu tragen und mit Benzin übergossen zu werden – bei öffentlichen Toiletten hörte der Spaß jedoch auf.

Angel riss mehrere Papiertücher ab und legte sie vor der Kabine auf den Boden. Sie holte tief Luft, legte sich auf den Rücken und rutschte unter der Tür durch. Sie stieß gegen Lenas Körper. Die Frau zuckte kurz, entließ ein gedehntes Stöhnen und kotzte auf den Boden. Jetzt roch es nicht nur nach Urin, sondern auch nach alkoholisierter Kotze.

Angel bekämpfte den Würgreflex, erhob sich, löste das Schloss und riss die Tür auf. Dann hakte sie ihre Arme unter Lenas Schultern ein und zog sie von der Toilette weg und in den Waschraum.

Dann sah sie es.

„Heilige Scheiße, das kann nicht gut sein."

Angel versuchte, den beißenden Geruch zu ignorieren und zu vermeiden, dem Waschraum auch ihren Mageninhalt hinzuzufügen. Schließlich trat sie zur Eingangstür und öffnete diese. „Phillip, das musst du dir ansehen."

Phillip hob den Blick zu dem Schild der Damentoilette. „Ich kann da nicht reingehen."

„Mach eine Ausnahme. Wir haben ein Problem."

Er warf einen Blick den Korridor hinunter und huschte durch die Tür. „Aber schnell. Was ist los ... Heilige Scheiße! Was zum Teufel ist passiert?"

„Anscheinend hat jemand eine Abneigung gegen Lenas Exhibitionismus oder sie hat einen Stalker."

SCHLAMPE stand in schwarzen Großbuchstaben auf Lenas Stirn. Während auf ihrer rechten Wange die Worte *Das wirst du* prangten, beendete die Linke die Drohung mit dem Wort: *bereuen*.

Ein kalter Schauer lief Angel den Rücken hinunter und erzeugte Gänsehaut. Sie rannte zum Waschbecken, befeuchtete ein frisches Papiertuch und hockte sich neben Lena, um die Schrift abzuwischen.

Das Papiertuch brachte nichts. Sie versuchte es mit Seife, doch das hatte nicht den gewünschten Effekt.

„Mein Gott", sagte Phillip. „Was sollen wir

denn jetzt tun? So darf sie nicht in der Öffentlichkeit gesehen werden."

„Echt jetzt? Das ist deine einzige Sorge?" Angel zeigte auf die Worte. „Das ist eine Drohung. Wer auch immer das tat, hat es auf Miss Love abgesehen. Die Farbe ist wasserfest."

Phillip stand auf und wirkte nervös. „Sie kann das Badezimmer so nicht verlassen."

„Sie wird es sowieso nicht auf ihren beiden Füßen raus schaffen. Sie kann nicht stehen und durch die Bar laufen. Die Frau muss getragen werden."

Phillip versuchte, Lena in seine Arme zu heben, aber wie ein glitschiger Fisch rutschte sie ihm durch die Finger. „Der Kameramann wird nichts unversucht lassen, um Lena in Situationen wie diesen zu erwischen. Sie hatte bereits zu viel negative Schlagzeilen."

„Ich dachte jede Werbung, egal wie gut oder schlecht, ist besser als keine."

„Richtig. Frag Lindsay Lohan wie gut das bei ihr funktioniert hat. Britney Spears hat bestimmt auch einiges zu dem Thema zu sagen. Manchmal gereicht es zum Vorteil, manchmal auch nicht. Zwar kann dich Talent weit bringen, aber nur solange du am Set einfach zu handhaben und freundlich bist. Lena hat ein Drehbuch in Aussicht, an dem zu viel hängt. Die Rolle könnte ihr eine Oscar-Nominierung einbringen. Das

Studio hat verständlicherweise kein Interesse an Drama."

„Und wenn man im Duden nach Drama sucht, findet man ihr Bild. Schon klar", murmelte Angel. „Ich habe kein Problem damit, dass sie gerne Party macht – aber das hier geht zu weit! Muss sie einen Entzug machen?"

Phillip seufzte. „Ich habe versucht, sie davon zu überzeugen. Sie meint immer, dass sie kein Problem hat."

„Bewusstlos in einer öffentlichen Toilette würde ich schon als Problem definieren. Wer auch immer ihr Gesicht bemalt hat, hätte ihr noch weitaus Schlimmeres antun können."

„Jemand muss auf sie aufpassen", sagte Phillip.

Angel hob ihre Hände. „Sieh mich nicht so an. Ich bin nur eine Stuntfrau und kein Bodyguard."

Nachdenklich sah Phillip sie an. „Du bist eine größere Hilfe, wenn du sie doubelst. Ich denke, dass ist der perfekte Zeitpunkt, sie in eine Entzugsklinik einzuweisen. Sie kann sich entgiften, während du das Arschloch aus seinem Versteck lockst, der ihr das angetan hat." Seine Lippen formten ein aufrichtiges Lächeln und er rieb die Hände vergnügt zusammen. *Wenigstens einer, dem der Plan zusagt.*

„Ich? Ich soll so tun, als wäre ich Lena Love?" Abwehrend hob sie die Hände und ging rückwärts. „Oh nein. Auf keinen Fall. Ich bin gut darin, mich von Autos überfahren zu lassen, besagte Autos durch Feuer zu fahren und durch Fenster zu springen – aber ich bin keine Schauspielerin!"

„Ich habe dich Lenas Anfälle imitieren sehen. Mehr musst du nicht tun. Ich flehe dich an: Bleibe für die nächsten zwei Wochen auf Lenas Ranch. In der Zwischenzeit können wir uns um sie kümmern und sie zur Vernunft bringen."

Angel runzelte die Stirn. „Was ist mit der Nachricht auf Lenas Gesicht? Jemand hat es auf sie abgesehen!"

„Was bedeutet, dass du als Köder herhalten wirst. Die Welt wird denken, dass du Lena bist. Deswegen werden wir dir einen Bodyguard besorgen."

„Ich weiß nicht, ob mir die Sache mit dem Köder gefällt. Trotzdem sehe ich keinen Grund für einen Bodyguard."

„Wenigstens kann ich mich darauf verlassen, dass du nüchtern bleibst. Im Gegensatz zu Lena wird dich niemand überraschen können. Immerhin weiß ich, dass du dich aufgrund deines militärischen Hintergrunds verteidigen kannst. Der Bodyguard ist etwas, was wir für die Öffentlichkeit machen müssen, weil Lena einen verlangen würde."

„Aber sie hat doch Bodyguards. Wo waren die denn, als sie im Waschraum attackiert wurde?"

„Etwas, das ich herausfinden werde. Ich bin nicht beeindruckt von ihren Fähigkeiten. Zudem brauchen wir jemand Neues, der mit Lena noch nicht so vertraut ist. Ich werde mich umhören."

Angel dachte über Phillips Worte nach. „Ich muss also nur so tun, als wäre ich Lena, auf ihrer Ranch leben, hier in Montana, und L.A. vermeiden?"

„Zwei Wochen."

„Und ich kann den Pool benutzen, und auch alles andere, was Lena gehört?" Langsam erwärmte sich Angel für die Idee.

Er nickte. „Alles, sogar ihre Kleidung."

„Und Lena wird in einer Entzugsklinik stecken? Ich muss mich nicht mit ihrem Scheiß auseinandersetzen?"

Phillip hob zwei Finger. „Pfadfinderehrenwort."

Angel schnaubte. „Als ob du jemals ein Pfadfinder warst." Sie hatte ihre Entscheidung getroffen. „Okay. Ich werde für zwei Wochen Lena sein. Abgesehen von dem künstlerisch unbegabten Stalker, der Drohungen auf die Gesichter von Schauspielerinnen zeichnet, klingt der bezahlte Urlaub einfach himmlisch." Sie streckte ihm die Hand entgegen. „Ich bin dabei."

„Okay, dann ist das geklärt." Phillip schüttelte ihre Hand, um den Deal zu besiegeln. „Gleich Morgen werde ich einen Bodyguard nach Love Land schicken."

Angel zuckte die Achseln. „Das hat keine Eile.

Sobald er auftaucht, wird er meinen Urlaub stören."

In dem Moment stöhnte Lena, öffnete ihre Augen und sagte: „Wo bin ich?" Dann rollten ihre Augen in ihren Hinterkopf und sie verlor wieder das Bewusstsein.

„Lass uns Dornröschen hier rausbringen", sagte Angel.

„Es bleibt uns nichts anderes übrig. Stelle einfach nur sicher, dass niemand sieht, wie wir eine betrunkene Lena Love aus der Bar tragen."

Angel zog ein Neon pinkes Halstuch aus ihrer Hosentasche und wickelte es um Lenas auffällige blonde Haare.

Phillip unternahm einen erneuten Versuch, Lena in seine Arme zu heben. „Ich schaff das nicht allein. Ich bin nicht dafür gebaut, bewusstlose Schauspielerinnen herumzutragen."

„Du kümmerst dich um die obere Hälfte und ich hebe ihre Beine." Angel legte die Arme um Lenas Waden. „Kann es los gehen?"

Nickend hakte Phillip die Arme unter Lenas Achseln ein.

„Hochheben", sagte Angel. Obwohl Phillip das meiste Gewicht zu tragen hatte, prustete Angel bei der schweren Aufgabe. „Wohin?"

Phillip nickte zum Hinterausgang. „Am Ende des Korridors befindet sich ein Notfallausgang. Da gehen wir durch. Bereit, wenn du's bist", sagte er.

„Okay, dann lass sie uns hier rausschaffen."

Phillip ging rückwärts durch den Korridor, durch die Hintertür und in die Nacht hinaus. Über den Dreien thronte der sternenbedeckte Nachthimmel von Montana.

So weit, so gut. Heute Nacht schien der Plan aufzugehen. Sobald es hell wurde, konnten sie die Schrift nur noch schwer verbergen. Was sollten sie dagegen also tun?

Sie? Das war allein Phillips Problem, dachte sich Angel. Darum konnte er sich kümmern, wenn Lena wieder bei Bewusstsein war.

In den nächsten zwei Wochen hatte Angel ein Date mit Lenas Pool und fruchtigen Cocktails, in die sie etwas Whiskey schütten würde. Die reiche und arrogante Lena Love zu verkörpern, könnte sich als spaßig herausstellen, solange ihr neuer Bodyguard und der untalentierte Stalker ihr nicht die Tour vermasselten.

KAPITEL 3

DUKE BOG in die Einfahrt der Love Land Ranch und schüttelte den Kopf. Er konnte es nicht fassen, dass sein erster Auftrag darin bestand, die berüchtigte Lena Love zu beschützen. Die exzentrische Diva, die erst gestern Abend in der Blue Moose Taverne ihre Brüste vor ihm entblößt hatte. Natürlich hatte er erwartet, für eine reiche und berühmte Person angeheuert zu werden, aber ... *Heilige Scheiße!*

Warum ausgerechnet sie?

„Gibt es jemand anderen, der diesen Auftrag übernehmen kann?", hatte er Hank Patterson, seinen Boss, gefragt. Sicher war das nicht die beste Frage am ersten Tag und trotzdem: Die Frau war der Teufel.

Hank runzelte die Stirn. „Ich dachte, der Auftrag würde dich erfreuen. Lena Love ist in der Filmindustrie eine Ikone."

In dem Moment kam Sadie in den Raum. In den Armen hielt sie ihre kleine Tochter, die jetzt zwei Monate alt war. „Sie ist keine nette Person", sagte Hanks Frau.

Obwohl er den Mann gerade erst kennengelernt hatte, konnte er ihm ansehen, wie sehr er seine kleine Tochter und seine Frau liebte. Seine Welt drehte sich nur um die beiden.

Sadie spitzte die Lippen. „Ich erinnere mich an einen gemeinsamen Film mit Lena. Dort habe ich mir geschworen, dass ich nie wieder mit ihr drehe. Sie ist die schlimmste Diva, die ich kenne. Was für eine B-I-T-C-H." Sadie McClain sollte es wissen. Schließlich hatte sie sich selbst in Hollywood einen Namen als Schauspielerin gemacht. Sie war Lenas direkte Konkurrentin.

Hank zog eine Augenbraue hoch. „Der Auftrag ist kurzfristig angelegt. Zwei Wochen. In L.A. wird sie wieder ihre eigenen Bodyguards nutzen." Hank wandte sich Duke zu. „Zwei Wochen. Mehr will ich nicht. Ich würde den Auftrag selbst übernehmen, aber ich erwarte neue Männer fürs Team und bin damit beschäftigt, Kunden ans Land zu ziehen."

„Außerdem hast du dieses Wochenende Windeldienst, wenn ich bei der Filmpremiere bin." Sadie sah die Kleine in ihren Armen an. „Habe ich nicht recht, Emma, meine Süße? Daddy hat Windeldienst."

Hank verzog das Gesicht zu einer Grimasse.

„Du hast sie gehört. Das Wochenende bin ich sehr beschäftigt und alle meine Agenten sind anderen Aufträgen zugeteilt. Du bist der Einzige, der sich um Lena Love kümmern kann. Es gibt eine weitere Anfrage, doch der Klient ist noch nicht im Bundesstaat. Durch diesen Auftrag bist du beschäftigt, bis er in Montana ankommt." Fragend neigte Hank seinen Kopf. „Was hast du gegen Miss Love?"

„Sie hat mich gestern Abend angemacht und mir dabei einen Blick auf ihre gemachten Brüste gegeben."

„Sie hat sich vor dir entblößt?" Hanks Lachen erschreckte das Baby. Emma schrie los.

„Ganz ruhig, meine Kleine", beruhigte Sadie ihre Tochter. „Hank, mal ehrlich", tadelte sie ihren Ehemann.

„Zwei Wochen. Mehr verlange ich nicht", sagte Hank in einem gemäßigten Tonfall und einem Lächeln auf den Lippen.

Dukes erster Auftrag bei den Brotherhood Protectors und er wollte bereits alles hinschmeißen.

Er starrte auf den geschnitzten Toreingang mit dem Namen der Ranch und seufzte. Von einem knallharten Delta-Force-Soldat zu einem Babysitter einer verwöhnten Diva. Er war auf das niedrigste Level aller Zeiten gerutscht.

Vielleicht wäre es besser, er würde sich bei einer Ranch als Cowboy bewerben. Dort würde ihm wenigstens keine Frau unerwünscht ihre Brüste zeigen.

Seine Mutter wäre von Miss Loves Benehmen entsetzt. Er würde ihr davon nichts erzählen. Niemals.

Duke gab seiner Mutter die Schuld dafür, dass er keine langfristigen Beziehungen eingehen konnte. Seine Mutter war die typische Hausfrau, Mutter und Versorgerin. Eine großartige Köchin, talentierte Näherin und die netteste Person, die er jemals kennengelernt hatte. Wie sollte eine Frau mit dieser Perfektion mithalten können?

Natürlich hatte er in der Vergangenheit Sex mit willigen Frauen gehabt. Nichtsdestotrotz hatte er an ihnen immer etwas gefunden, mit dem er nicht leben konnte.

Und jetzt diese Frau.

Zwei Wochen.

Er hatte zwei Wochen in den Hügeln von Afghanistan überlebt. Nachdem er von seinen Kameraden getrennt worden war, hatte er sich von Wurzeln und wilden Kaninchen ernähren müssen. Zwei Wochen auf dem Landsitz einer reichen Frau sollte doch ein Kinderspiel sein.

Warum hatte er dann das Bedürfnis, sich lieber in den Fuß zu schießen, als den besagten Fuß auf Lena Loves Grundstück zu setzen?

Er gab den Sicherheitscode ein, wartete darauf, dass sich das Tor öffnete und fuhr dann hinein.

Eine breite zementierte Straße führte durch einen Kiefernwald und das Vorland der Crazy Mountains. Allmählich verschwanden die Bäume und gaben den Ausblick auf saftige Wiesen mit Pferden und Rindern frei. Die Straße führte ihn weiter in die Berge und fand sein Ende auf dem Hügel. Ein massives Gebäude aus Stein, Zedernholz und Glas stellte sich ihm in den Weg.

Das war eine Berghütte?

Heilige Mutter Gottes.

Wenn er nicht hier wäre, um den Babysitter für eine Diva zu spielen, könnte ihm der Auftrag sogar gefallen. Allerdings war er nicht im Urlaub. Er würde sich nicht an den Pool pflanzen und Mai Tais trinken können.

Ein muskulöser Mann in einer Jeanshose und einem übermäßig sauberen weißen Hemd kam ums Haus und winkte Duke zu. „Angestellte parken auf dem Parkplatz hinter der Scheune." Er zeigte auf eine Straße, die hinters Haus führte.

Da er in diese Kategorie gehörte, folgte Duke der Anweisung des Mannes, fuhr ums Haus und den Weg zur Scheune hinunter, die größer war als seine ehemalige Highschool. Noch nie hatte er eine so riesige Scheune gesehen. Das Gebäude könnte für Veranstaltungen und Rodeos genutzt werden.

Er parkte seinen Pickup neben anderen Autos, die seitlich mit dem Love Land Ranch-Logo versehen waren.

Widerwillig stieg er aus. Er entschied seine Reisetasche vorerst auf dem Rücksitz zu lassen, bis er wusste, wo er schlafen würde. Er nahm an, dass er im Haupthaus untergebracht werden würde, um jederzeit in der Nähe seines Schützlings zu sein.

„Bodyguard?", fragte ein muskulöser, junger Mann.

Duke nickte. „Korrekt."

Der Mann streckte ihm seine Hand zur Begrüßung entgegen. „Brandt Lucas. Vorarbeiter."

Duke packte die Hand des Mannes. „Duke Morrison."

„Miss Love liegt am Pool. Sie hat mich gebeten, Sie sofort zu ihr zu schicken."

„Danke."

„Wenn Sie in Bezug auf die Ranch Fragen haben, wenden Sie sich bitte jederzeit an mich oder an Lyle Sorenson, meinen Stellvertreter." Er wies auf einen älteren Mann in ausgewaschenen Jeans, einem ebenfalls ausgeblichenen Hemd und einem staubigen Cowboyhut.

Der ältere Mann schob eine Schubkarre gefüllt mit Pferdemist von der Scheune zu einem Haufen am Ende des massiven Gebäudes. Er entlud die stinkende Ladung, sah auf und nickte in Dukes Richtung.

Duke hätte beinahe gelacht. Der Unterschied zwischen dem jüngeren, sauberen und muskelbepackten und dem älteren, sehnigen und dreckigen Mann war unverkennbar.

Miss Love hatte Lucas wahrscheinlich nur Anhand seines Aussehens zum Vorarbeiter befördert. Seine Fähigkeiten hatten nichts damit zu tun.

„Wie viele Pferde hat Miss Love?", fragte Duke, um seine Theorie zu testen.

Mr. Lucas zuckte mit den Achseln. „Ein Dutzend oder so. Wenn Sie die genaue Anzahl erfahren wollen, richten Sie sich bitte an Mr. Sorenson. Er führt die Listen."

„Und für was genau sind Sie zuständig?", fragte Duke.

Mit aufgeplusterter Brust, ein Gockel in vollendeter Pracht, sagte er: „Ich bin der Vorarbeiter. Ich sage den anderen Arbeitern, was sie zu tun haben."

Duke schluckte das Lachen hinunter. Ein wahrer Vorarbeiter würde die genaue Anzahl an Tieren kennen – inklusive streunender Katzen. Er wusste genau, wie viel Futter es brauchte, um sie durch den Winter zu bekommen, welches Tier krank war und welche Pferde nicht miteinander auskamen. Er würde es nicht den Aushilfen überlassen, sich um das Wohl seiner Tiere zu kümmern.

Ein Augenschmaus für Miss Love. Mehr war Brandt Lucas nicht.

Duke hatte keinen Respekt für Männer, die

nichts für ihr Geld taten. Auf der anderen Seite konnte er sich gut vorstellen, was er *tat*, um sein Geld wert zu sein. Hatte sicherlich nichts mit den Farmtieren oder den Feldern zu tun.

„Sie können zum Haus gehen", sagte Brandt lächelnd. „Wie schon gesagt, liegt Miss Love am Pool."

Duke erklomm den Hügel zum Haupthaus und bewunderte die Kombination aus rustikalem Charme und modernen Linien. Er fand sich einer Hecke gegenüber, die den Poolbereich abschirmte. Ein Wasserfall thronte über dem Pool. Dann wanderten Dukes Augen zu den Liegen, die zwischen dem Pool und dem Haus platziert waren. Eine Liege wurde von einer Frau mit einem winzigen, schwarzen Bikini und einer Sonnenbrille in Anspruch genommen.

Er lief über die Terrasse zu den Liegen und wartete, dass sie seine Anwesenheit anerkannte.

Eine Minute verstrich und sie regte sich nicht.

Duke räusperte sich.

„Ich weiß, dass du hier bist. Du blockierst das Sonnenlicht. Beweg dich."

Er presste die Zähne zusammen und zwang sich zu einem Lächeln.

„Miss Love, ich bin Duke Morrison von den Brotherhood Protectors. Hank Patterson schickt mich."

„Ja, ja, schon klar. Zieh dir eine Badehose an und geh planschen. Ist mir Schnuppe."

„Nein danke, Miss Love. Ich bin zum Arbeiten hier. Spaß steht nicht auf dem Programm."

Sie schnaubte. „Ich habe Phillip gesagt, dass ich keinen Bodyguard auf meiner Ranch brauche. Er hört einfach nie zu."

Fragend runzelte Duke die Stirn. „Phillip?"

Die Frau blickte irritiert drein. „Mein Pressesprecher."

„Wenn es Sie nicht stört, würde ich das Haus und das Sicherheitssystem inspizieren."

Sie wedelte mit den Fingern. „Von mir aus. Mach, was du für nötig hältst, und stehe mir nicht länger im Sonnenlicht."

Er schüttelte den Kopf. „Miss Love, sind Sie sicher, dass Sie sich wie auf dem Präsentierteller ausbreiten sollten?"

Sie senkte die Sonnenbrille und sah ihn über den Rand an. „Nur auf dem Präsentierteller gibt es Sonnenlicht, Mr. Bodyguard. Mein Gott, hätten sie mir keinen intelligenten Bodyguard schicken können?"

Wut breitete sich in Dukes Körper aus. Sein Gesicht wurde rot vor Zorn. Er musste sich daran erinnern, dass er Hanks Unternehmen repräsentierte. Es würde dem Geschäft nicht dinglich sein, sich von der Klientin reizen zu lassen. Er musste den Drang unterdrücken, Miss Love von der Liege zu pflücken und sie in den Pool zu werfen. „Ich werde mir das Sicherheitssystem ansehen."

„Was auch immer dich glücklich macht." Sie machte es sich wieder bequem und schob die Sonnenbrille hoch. „Weck mich in dreißig Minuten. Ich muss mich umdrehen und die Sonne an meinen Rücken kommen lassen."

Er musterte sie für einen Moment. Ja, sie war wunderschön. Ihr Körper war beeindruckend, mit langen Beinen und definierten Bauchmuskeln. Ihre Arme waren muskulös und er konnte keinen Gramm Fett an ihrem Körper ausmachen. Wahrscheinlich bezahlte sie ihrem Personal Trainer ein kleines Vermögen, damit er sie in Form brachte. Liegend wirkten ihre Brüste nicht annähernd so riesig wie gestern in der Bar, als sie vor ihm blank gezogen hatte.

Sie schien sich nicht an ihn zu erinnern. Mit Sicherheit war sie zu betrunken gewesen.

Sehr gut. Es passte ihm ganz gut, dass sie sich nicht erinnerte. Wenn er Glück hatte, würde sie keinen weiteren Annäherungsversuch unternehmen.

„Oh, Luke?", sagte sie.

„Duke", korrigierte er automatisch.

„Hol mir auf dem Weg zurück einen Drink. Jack Daniels mit Eiswürfeln und einem Spritzer Limette."

Babysitter, Barkeeper und Kellner. Er war ein gut ausgebildeter Krieger und war wirklich sehr tief gesunken.

„Oh, Luke?", rief sie gedehnt und stoppte ihn erneut.

„Duke", sagte er gereizt.

„Hilf mir hoch. Ich habe das Bedürfnis, eine Runde im Pool zu drehen."

Er streckte seine Hand aus, packte die ihre und zog sie mit mehr Schwung von der Liege als geplant, angespornt von seiner Stimmung. Sie krachte gegen seinen Körper und ihre Sonnenbrille fiel ihr von der Nase.

Aus hellen graublauen Augen starrte sie ihn an. Ihre Lippen teilten sich zu einem schockierten O. „War das notwendig?"

„Sie wollten von der Liege aufstehen", sagte er. „Sie liegen nicht mehr auf der Liege."

Ihre hübschen Augenbrauen zogen sich zusammen. „Du bist ein unhöflicher Mann, Luke. Ich denke ernsthaft darüber nach, dich zu feuern."

„Mein Name ist Duke. Und Sie können froh sein, dass Sie überhaupt denken können."

Sie rollte ihre Augen. „Luke, Duke. Das spielt doch keine Rolle. Du blockierst schon wieder das Sonnenlicht. Beweg dich."

Sie legte die Hände auf seine Brust und schubste ihn härter als gewollt. Dass ihr die Stimme beim letzten Wort brach, war ihm nicht entgangen. Er trat einen Schritt zurück und erinnerte sich zu spät daran, dass der Pool unmittelbar

hinter ihm lag. Er fiel. Beim Fallen streckte er seine
Hände aus und versuchte, sich an etwas festzuhalten. Er bekam nur Lena Loves Hand zu fassen. In
Zeitlupe landeten die beiden im Wasser. Er sank
schnell und die Frau, die ihn geschubst hatte, trat
im Eifer gegen sein vom Krieg gezeichnetes Knie.

Schmerz schoss durch seinen Körper und ließ
ihn erstarren. Die Sonne ergraute, bis sie schließlich vollkommen schwarz war.

Einen Moment später wickelte sich von
hinten ein Arm um seinen Körper und zog ihn an
die Wasseroberfläche. Sofort sog er Sauerstoff in
seine Lungen und schnappte die Augen auf. Er
realisierte, dass er sich noch immer im Wasser
befand und trat panisch um sich.

„Beruhige dich, sonst ertrinken wir beide",
sagte eine weibliche Stimme an seinem Ohr.

Er lehnte sich gegen einen warmen Körper,
der ihn ans flache Ende des Pools schwamm. Als
seine Füße den Boden berührten, fand er seine
Fassung und atmete tief ein. Lena stand nur
wenige Zentimeter von ihm entfernt. Ihre Haare
klebten an ihrem Kopf und ihr Mascara rann in
schwarzen Linien über ihre Wangen. Besorgt sah
sie ihn an. „Geht es dir gut?", fragte sie.

Für einen Moment konnte er sie nur anstarren, während er versuchte, ihre Worte zu verarbeiten. Sie hatte ihn gerettet. Das war so
untypisch für eine Diva. Er fragte sich ernsthaft,
wen er vor sich hatte. War er in eine andere

Dimension gezogen wurden, in der Lena Love nett, freundlich und mitfühlend und nicht die verwöhnte Kuh, die er in der Bar kennengelernt hatte?

„Es geht mir gut", sagte er und wurde rot. Sein erster Auftrag als Bodyguard und seine Klientin musste ihn vorm Ertrinken retten. Das versprach für die nächsten zwei Wochen nichts Gutes.

ANGEL HATTE SICH wie die geborene Diva aufgeführt und dabei ihren Bodyguard in den Pool geschickt. Sie hatte nicht erwartet, dass er sie mit ins Wasser ziehen würde. Sie war an die Wasseroberfläche gelangt, ganz im Gegenteil zu ihm, woraufhin sie von Panik ergriffen wurde. Dann erinnerte sie sich an ihr Training bei den Rettungsschwimmern. In den Schulferien hatte sie sich damit immer ihr Taschengeld aufgebessert und auch jetzt zog sie einen Nutzen daraus. Ihr Herz pochte wie wild, als sie tauchte, Duke packte und ihn an die Oberfläche zog. Sie betrachtete ihn und fragte: „Was ist passiert?"

„Nichts." Er glitt an den Rand des Pools und zog sich aus dem Wasser.

„Von wegen, nichts." Sie folgte ihm. Ihre Entschlossenheit kannte keine Grenzen. Sie wollte wissen, warum ihr Bodyguard beinahe ertrunken wäre. „Du hast das Bewusstsein verloren."

„Passiert eben", sagte er, zog sich sein nasses T-Shirt über den Kopf und wrang es aus. Seine muskulöse Brust war von dutzenden kleinen Narben gezeichnet – einige auffälliger und tiefer als andere. „Ich bin sehr wohl in der Lage, in den nächsten zwei Wochen Ihre Sicherheit zu gewährleisten." Er bot ihr die Hand an, um ihr aus dem Wasser zu helfen.

Für einen Moment zögerte sie, dann legte sie ihre Hand in die seine. Er zog sie aus dem Wasser und auf die Terrasse, ohne sie gegen seine Brust zu zerren.

„Danke", presste er heraus und ließ seinen Blick über ihren Körper schweifen. „Wurden Sie bei der Sache verletzt?"

„Nein. Allerdings muss ich mir jetzt die Haare nochmal machen und mein Make-up erneuern. Die Kameracrew kommt gleich, um ihr … mein neues Haus zu filmen." Auch der Versuch, die schnippische Art ihres Bosses zu imitieren, fiel ins Wasser.

Seine Augen musterten ihre nassen Haare und das verschmierte Gesicht. „Ich finde, Sie sehen prima aus. Natürlicher."

Ohne nachzudenken, hob Angel die Hand an ihre nasse Wange.

Der angeheuerte Bodyguard von Phillip war mit einem angewiderten Gesichtsausdruck am Pool aufgetaucht. Unglücklicherweise konnte sie nicht sie selbst sein. Sie musste ihren Teil beitragen und Lena Love mimen, um jeden von ihrer Identität zu überzeugen, der sich vielleicht in Büschen oder in den Hügeln versteckt hielt und sie beobachtete. Lena brauchte die Pause. Sie musste ihr Leben wieder auf die Reihe bekommen und sich entgiften. Das Wenigste, was Angel zu Lenas Heilung beitragen konnte, war eine gute Show abzuliefern.

Was sie nicht erwartet hatte: Dass ihr Bodyguard im Pool bewusstlos wurde und sie zur Rettung eilen musste. Sie könnte wetten, dass Lena nicht gehandelt hätte. Lena wäre aus dem Pool gestiegen und hätte den Volltrottel verflucht, der es gewagt hatte, ihre Haare nass zu machen. Dann hätte sie sich seitlich am Pool positioniert, ein Klagelied über ihr verschmiertes Make-up geträllert und ihn lautstark wissen lassen, dass er verdiente, zu ertrinken! Immerhin hatte er Schuld daran, dass sie – Gott sei ihr gnädig – einen eingerissenen Fingernagel hatte.

„Kannst du schwimmen?", fragte sie.

Er zog seine Augenbrauen hoch. „Natürlich."

„Warum hast du dann dein Bewusstsein verloren?"

„Das ist unwichtig. Das hat nichts zu bedeuten und wird meine Fähigkeit, Sie zu beschützen, in keiner Weise beeinträchtigen."

Bereitwillig würde ihr der Mann keine Informationen geben.

„Na gut." Sie atmete tief ein und machte eine

Handbewegung zum Haus. „Dein Schlafzimmer befindet sich die Treppe hoch, gleich die erste Tür auf der rechten Seite. Du solltest dir trockene Kleidung anziehen. Oh, und lass den Koch wissen, dass er ein Maul mehr zu stopfen hat."

Er ging Richtung Scheune.

„Wohin gehst du?", fragte sie.

Duke stoppte und drehte sich wieder zu ihr. „Ich muss meine Reisetasche aus dem Auto holen, weil sich dort drin meine trockenen Klamotten befinden. Ich bin in einer Minute zurück, um Ihnen das angeforderte Getränk zu bringen und den Koch über meine Anwesenheit zu informieren. Kann ich Ihnen noch anderweitig behilflich sein?"

Sie runzelte die Stirn. „Noch nicht. Ich werde dich wissen lassen, wenn mir etwas einfällt. Und übrigens: Den anmaßenden Ton kannst du dir sparen."

Er nickte, wandte sich ab und folgte dem Pfad durch den umliegenden Garten, den Hügel hinunter und zur Scheune.

Sie würde den Mann nicht gerade als attraktiv bezeichnen, aber er sprach sie auf eine wilde und schroffe Art an. Wenn sie sich nicht irrte, dann rührten die Narben auf seinem Oberkörper von einer Granate. Auch hatte sie ein leichtes Humpeln ausmachen können und nahm an, dass ihm sein rechtes Bein Probleme bereitete –

verursacht von dem, was auch seine Brust für immer gezeichnet hatte.

Ihr Bodyguard verlangte nach einer genauen Untersuchung. Nicht nur, weil seine Berührung etwas in ihr entfacht hatte, sondern auch, weil er nicht besonders bereitwillig Informationen mit ihr teilte.

Eine Sache wusste sie aber mit Sicherheit: Sein Name war Duke und es irritierte ihn ungemein, wenn sie ihn Luke nannte. Ihr Mundwinkel zuckte. Vielleicht hatte sie mehr Ähnlichkeit mit Lena als zunächst gedacht. Sie musste erkennen, dass sie Gefallen daran fand, einen großgewachsenen, grüblerischen Mann zu ärgern, der dachte, alles über die Frau zu wissen, die er zu schützen gedachte.

Duke Morrison sollte sich besser warm anziehen. Lena Love würde sich mit dem großen, heißen Bodyguard einen kleinen Spaß erlauben. Angels Lippen formten sich zu einem selbstzufriedenen Lächeln. Mit einem Mal klangen zwei Wochen Ranch Leben gar nicht mehr so langweilig.

KAPITEL 4

DUKE HASTETE ZU SEINEM AUTO, um seine Reisetasche zu holen.

Vor der Scheune holte Brandt Lucas rennend auf. Ein breites Grinsen bildete sich auf dem attraktiven Gesicht des Mannes. „Ich nehme an, dass du Miss Love jetzt kennengelernt hast."

„Das habe ich", sagte Duke mit zusammengepressten Zähnen.

„Hat sie dich in den Pool geschubst oder brauchtest du eine Abkühlung?"

„Lediglich falsch kalkuliert." Und die fiese Art dieser Frau nicht mit einberechnet, die er bereits die Nacht zuvor miterlebt hatte. Dennoch hatte er nicht erwartet, dass sie ihn voll bekleidet in den Pool stoßen würde.

Viel erschreckender für ihn war allerdings, dass sie ihn vorm Ertrinken gerettet hatte. Wenn er überlegte, von welchem Verhalten er bisher

Zeuge geworden war und was er aus den Medien wusste, machte Miss Loves Rettungsaktion keinen Sinn.

Für einen kurzen Moment war die Schauspielerin real und erregend gewesen. Damit meinte er nicht jene zurechtgemachte und mit Photoshop aufgebesserte Art aus Klatschmagazinen. Nein, es war, als hätte er einen Blick auf das Mädchen von nebenan werfen dürfen: knallhart und doch mitfühlend – eine Frau, die seine Mutter mögen würde.

Diese Version von Lena Love gefiel ihm so sehr, dass er die zwei Wochen bleiben wollte. Nur zu dumm, dass sie nach seiner beispiellosen Rettung ihren Mund geöffnet hatte.

„Ich weiß nicht, warum Miss Love einen Bodyguard engagiert hat", sagte Lucas. „Auf der Ranch gibt es genügend Arbeiter, die sie ihm Auge behalten können."

„Ihr habt bereits genug mit der Ranch zu tun. Ihr macht euren Job und ich meinen. Vielleicht gefällt es ihr, dass jemand nur dafür da ist, sich um ihr Wohl zu kümmern."

Duke erreichte seinen Pickup, entriegelte die Türen und holte die Reisetasche vom Rücksitz. Als er sich umdrehte, wäre er beinahe gegen Lucas gekracht.

„Bist du dir sicher, dass das der einzige Grund ist, dass du angeheuert wurdest?" Der Mann stand mit verschränkten Armen, den Augen zu

Schlitzen verengt und erhobenem Kinn vor Duke.

„Was für einen Grund könnte sie sonst noch haben?"

Der aufgedonnerte Cowboy sah Duke von oben herab an. „Eigentlich bevorzugt sie ihre Liebhaber besser gekleidet." Er schnaubte. „Du bist so gar nicht ihr Typ."

Nur gut, dass Lucas mit seinem nervigen Gehabe schon jede Art von Lächeln aus Dukes Gesicht gewischt hatte, sonst wäre er in einen Lachanfall ausgebrochen. „Und du bist eher ihr Typ?"

Lucas' selbstgefälliges Grinsen war so nervtötend wie seine Worte. „Ein Gentleman genießt und schweigt, aber ... ja, das bin ich."

Duke kochte vor Wut. Er spannte seine Hand um seine Reisetasche an und liebäugelte mit dem Gedanken, ihm diese gegen sein hübsches Gesicht zu schleudern. Dukes Mutter hätte diesem Arschloch für seine Redeweise den Mund mit viel Seife ausgewaschen. Zwar hatte sich Miss Love noch nicht Dukes Respekt verdient, dennoch war sie eine Frau. Das war Grund genug, nicht tatenlos vor einem aufgetakelten Drecksack zu stehen, der nicht wusste, wann er die Fresse zu halten hatte. „Aus dem Weg."

„Sag nicht, ich hätte dich nicht gewarnt! Miss Love wird dich benutzen und wie ein gebrauchtes Kondom wegwerfen. Wenn du denkst, dir durch Sex mit ihr Vorteile verschaffen zu können, muss ich dich enttäuschen: Sie wird dir keine Filmrollen besorgen."

„Ich sagte: Geh mir aus dem Weg!"

Lucas hob seine manikürten Hände. „Fein. Sieh zu, wo du bleibst. Ich werde mir das ‚Ich hab's dir ja gesagt' für später aufheben, wenn sie dich mit einem Tritt in den Arsch –"

Duke ließ die Tasche fallen, holte mit seiner geballten Faust Schwung und traf Brandt Lucas mitten auf seine perfekte Nase.

Der Mann schrie wie ein Mädchen, fiel auf seinen Hintern und beschmutzte seine helle Jeans. Blut spritzte aus seiner Nase und auf sein weißes Hemd. „Du Monster! Warum hast du das getan?"

„Ich fühlte mich bedroht", sagte Duke in einem flachen und gelangweilten Ton. „Ich musste mich gegen deine aggressive Art wehren." Er musste alles geben, um nicht laut loszulachen.

Tränen rannten Brandt über die Wangen. „Musstest du mir ausgerechnet auf die Nase schlagen?", wimmerte er. „Oh, Gott, ich muss sofort zu einem Arzt. Nein, ich brauche einen Schönheitschirurgen. Die Nase könnte gebrochen sein! Oh, meine wunderschöne, perfekte Nase!"

„Ich habe dich gewarnt, mir aus dem Weg zu gehen." Duke schnappte sich seine Tasche, trat über den Mann hinweg und den Hügel zum

Haus hinauf. Obwohl es ihm jetzt besser ging, konnte er die Schuldgefühle nicht leugnen: Er hatte das Gefühl, einen dummen Hund getreten zu haben. Ein Hund konnte schließlich nichts dafür, dass er dumm auf die Welt gekommen war. Und einen Hund zu treten, war einfach falsch.

Allein, dass er schlecht über seine Klientin gesprochen hatte, rechtfertigte für Duke die Antwort mit seiner Faust.

Durch den Garten gelangte Duke wieder zum Haus. Er war etwas enttäuscht, dass Lena nicht länger auf der Liege lag. Auf der Terrasse konnte er sie nicht entdecken.

Als er über die Terrassentür das Haus betrat, stoppte er abrupt bei dem Anblick der dreistöckigen Kathedralendecke aus ungehobelten Zedernholzbalken. Himmelhohe Fenster reihten sich aneinander und verwöhnten seine Augen mit einem Blick auf die Crazy Mountains, den sich die meisten Menschen auch mit drei Leben nicht leisten könnten.

Ledersessel standen um einen riesigen Kamin und ein Schafsfell lag zwischen Couchtisch und Feuerstelle. Perfekt für ein Techtelmechtel um Mitternacht: Windende, ineinander verschlungene Körper, die bis in die frühen Morgenstunden Liebe miteinander machten.

Er konnte sich Lenas wunderschönen Körper vorstellen: Ausgebreitet auf dem Fell, mit einem gewölbten Rücken, weil sie sich im Wirbel eines alles vernichtenden Orgasmus befand.

Sein Schritt wurde enger und er richtete seinen Schwanz hinter dem nassen Jeansstoff. Jetzt war nicht der Moment für eine Erektion. Vor allem nicht bei dem Gedanken an seine Klientin, der er noch vor dem unfreiwilligen Tauchgang ein deutliches ‚Nein' für fast jeden Umstand um die Ohren geworfen hätte.

Nachdem sie ihm allerdings den Arsch gerettet hatte, wurde seine Gefühls- und Gedankenwelt auf den Kopf gestellt: Miss Love hatte ihm eine andere Seite von sich gezeigt. Obwohl Duke klar war, dass diese kurze Zuschaustellung einer anderen Miss Love ihre prominent-zickige Art nicht davon blasen konnte, war seine Neugierde geweckt. Etwas Komisches ging mit dieser Frau vor sich.

Er ging zur Treppe und erklomm eine Stufe nach der anderen. Sein verletztes Knie teilte ihm bei jedem Schritt mit, dass er noch lebte. Sein Therapeut hatte ihm gesagt, dass er sein Knie täglich trainieren müsse. Mit Leichtigkeit hatte er auch hinzugefügt, dass es nie wieder so sein würde wie vorher. Duke musste sich an eine neue Wirklichkeit gewöhnen.

Ähnlich war es mit seinem neuen Job. Er gehörte nicht mehr zu der Eliteeinheit der Delta Force. Jetzt musste er sich daran gewöhnen, dass er ein Bodyguard zur Miete war. Es gab keinen

Grund, sich dafür zu schämen. Schließlich hatte es auch Vorteile, sich nicht in einer Umgebung rumzutreiben, in der Tag ein und Tag aus auf einen geschossen wurde.

Warum vermisste er dann die gewohnten Laute von Waffen? Warum sehnte er sich nach dem Rausch des Adrenalins in seinen Adern?

Es gab eine Sache, die er mehr als alles andere vermisste: Seine Kameraden, nein, seine Brüder. Zwischen Fort Hood und der Love Land Ranch schien ein ganzes Universum zu liegen.

Oben angekommen fand er das Gästezimmer zu seiner rechten. Er trat ein und stellte seine Reisetasche auf den Boden. Das Bett war gigantisch: Ein Himmelbett mit Kanonenkugel großen Bällen am Ende der Pfosten offenbarte sich vor ihm. Ein weißes Laken bedeckte die riesige Matratze und am Kopfende lagen mehrere Kissen. Ein Mann konnte eine Frau in diesem Bett verlieren, wenn er nicht aufpasste.

Duke öffnete seine Reisetasche. Er zog eine schwarze Hose und ein graues Poloshirt heraus, das ihm Hank fast zeremoniell überreicht hatte. Auf der Brust zeigte es das Logo der Brotherhood Protectors. Duke gefiel das Outfit: Es saß locker und hatte glücklicherweise nichts mit dem klischeehaften schwarzen Anzug mit Sonnenbrille gemein. Nichtsdestotrotz würde er Miss Love fragen, welche Art von Kleidung sie für ihn angedacht hatte. Er bezweifelte jedoch, dass er ihren Wunsch erfüllen würde, wenn es draußen heiß war oder er sich eingeengt fühlte. Für ihre Sicherheit war es wichtig, dass er sich frei bewegen konnte. Er musste sich rennend – so schnell es sein Bein erlaubte –, hüpfend und kämpfend aus jeder Situation befreien können. Einengende Kleidung war bei den meisten Tätigkeiten hinderlich.

Eine weitere Tür im Raum führte zu einem Badezimmer mit einer großen Duschkabine und einer Vintage-Badewanne mit Krallenfüßen. Wieder stellte er sich vor, wie Miss Love ein Bad nahm und der Schaum nur das Nötigste bedeckte. In seiner Fantasie lehnte sie sich entblößend zurück, weil sie erkannte, dass Duke sie beobachtete, und schenkte ihm ein verführerisches Lächeln.

Sein Schwanz zuckte. Nicht sehr angenehm bei einer nassen Jeans.

In dem erfolglosen Versuch, Miss Love aus seinen Gedanken zu verdrängen, konzentrierte er sich darauf, sich aus seinen nassen Klamotten zu schälen. Er warf alles neben die Badewanne, trat in die Duschkabine und machte den Wasserhahn an. Mit eiskaltem Wasser wollte er seine Begierden im Keim ersticken. Seine Klientin hatte einen Körper, der sogar einen Truck zu einem abrupten Halt bringen könnte: Schlank an den richtigen Stellen, mit einem straffen Bauch, an dem Münzen wie Flummis auf einem Boden abprallten. Dennoch war ihre Haut samtweich und duftete wie die einer Göttin.

Egal, wie viel Zeit er auch unter der Dusche verbrachte, seine Begierde verebbte nicht und Ihre Majestät würde nicht ewig auf ihn warten. Sie erwartete ihr Getränk.

Er machte das Wasser aus, trocknete sich ab und ließ das Handtuch fallen. Bei dem Klopfen an seine Badezimmertür schnappte er sich das Handtuch erneut und wickelte es sich um die Hüfte.

„Ja?", fragte er.

„Phillip ist mit der Kameracrew gerade angekommen", sagte Lena. „Setz deinen Arsch in Bewegung und komm ins Erdgeschoss!"

Die Frau klang viel mehr wie ein Drill-Sergeant und so gar nicht wie eine Schauspielerin. Der entschiedene Ton ihres Befehls verharrte in der Luft und spornte Duke an, sich schnell anzuziehen und nach unten zu gehen.

Lena stand im Eingangsbereich und hatte ihre Lippen zu einem aufgesetzten Lächeln verformt. Ihr Pressesprecher stand an ihrer Seite und hielt die Tür für die hereinströmende Meute auf. Den Männern und Frauen war die Ungeduld in Erwartung dessen, was sie gleich sehen durften, nur allzu leicht anzusehen. In wenigen Sekunden würden sie im privaten Domizil von Lena Love stehen.

Weitere Journalisten kamen hereingeströmt

und wanderten unermüdlich durch die Räume. Miss Love beanspruchte das Wissen der Haushälterin für sich und erzählte die Geschichte, die sich hinter dem Haus verbarg.

Ohne die Gäste und den Kameramann auch nur eine Sekunde aus den Augen zu lassen, näherte er sich Lena. Falls ihr jemand zu nahe kommen sollte, würde er nicht zögern.

Schließlich kamen sie ins größte Schlafzimmer. Alle waren gleichermaßen von dem wunderschönen und modernen Bett mit den rosafarbenen Bettlaken beeindruckt.

Lena führte die Crew ins Badezimmer und alle kamen zu einem abrupten Halt.

„Verdammt!", fluchte Lena. „Wie zum Teufel ist er hier reingekommen?"

Ihr angsterfüllter Ton ließ Duke sofort handeln. Er presste sich zwischen ihrem Pressesprecher und der Wand durch und fand Lena. Mit angespanntem Kiefer starrte sie in dem riesigen Badezimmer auf die Spiegelwand.

In rotem Lippenstift stand darauf geschrieben:

Das Raubtier findet keinen Gefallen am Erlegen der Beute,
sondern in der Jagd.
Der Geruch von Angst treibt es an.

ANGEL MUSSTE DEM Autor Respekt zollen. Es war nicht leicht, so viele Worte, in vermutlich kürzeste Zeit, mit einem Lippenstift zu schreiben. Sie hätte nach der ersten Zeile aufgegeben.

Trotz ihrer flapsigen Gedanken zu der Drohung schoss ein Angstschauer durch ihren Körper. Sie erinnerte sich an die Worte auf Lenas Gesicht: Wer auch immer es auf Lena absah, meinte es ernst. Sie fragte sich, wie weit er gehen würde.

„Alle raus", befahl Duke.

Automatisch ging Lena zur Tür, aber Duke wickelte seinen Arm um sie und zog sie an seinen Körper.

Begierde pulsierte durch ihren Körper und erhitzte die Stellen, an denen sie sich berührten. Der Mann war wie ein Zünder an einem Kamin. Mit jeder Berührung brachte er ihr Blut zum Kochen.

Keine gute Sache, wenn sie doch versuchte, das Geheimnis um ihre Maskerade zu bewahren und auf Abstand zu bleiben.

Außer Phillip zogen sich alle Männer und Frauen zurück. Die Augen des Pressesprechers waren vor Aufregung weit aufgerissen. Er riss am Oberteil des Kameramannes, als auch dieser den Raum verlassen wollte, und zerrte ihn in den Raum zurück. „Wohin willst du? Das musst du filmen!"

Angel hätte bei Dukes Reaktion fast laut losgelacht. Wenn Blicke töten könnten …

„Ich sagte: Raus. Hier", verkündete Duke in einem gesenkten Ton, der so bedrohlich war und dennoch vermochte, Angels Geschlecht zum Pulsieren zu bringen.

Phillip ignorierte Dukes Anweisung und unterwies den Kameramann. „Filme den Spiegel aus diesem Winkel." Er drehte sich zu Lena. „Rücke näher zum Spiegel und setz einen entsetzten Gesichtsausdruck auf. Wie aufregend! Das könnte uns nationale Medienaufmerksamkeit verschaffen."

„RAUS! SOFORT!", brüllte Duke.

Phillip zuckte zusammen und schien sich Dukes Anwesenheit endlich bewusst zu werden. Der Mann konnte so beschränkt sein. Angel hatte keine Ahnung, wie es Lena mit ihm aushielt.

„Das verstehen Sie nicht!", winselte Phillip. „Das ist eine Möglichkeit, um der Öffentlichkeit eine Seite von Lena zu zeigen, die sie bisher noch nicht kannte: eine verletzliche Seite. Die Studios werden nicht genug davon bekommen können und mit Angeboten nur so um sich werfen."

„Lassen Sie sich etwas Anderes einfallen. Solange ich Lenas Bodyguard bin, wird nichts dergleichen passieren." Duke zeigte auf den Ausgang. „Und jetzt raus hier, bevor ich euch eigenhändig rauswerfe." Schützend stellte er sich zwischen Angel und Phillip und verschränkte die Arme vor der Brust.

Damit bot sich ihr der beste Ausblick auf seine angespannten Muskeln. Als Stunt-Frau war sie immer von muskulösen Männern umgeben, aber nur ihr Bodyguard vermochte es, dass sich bei ihr etwas regte. Er war durch und durch ein Mann und sie fühlte, wie sein Testosteron gegen ihren Körper prallte. Sie war sich sicher, dass er einen Militärhintergrund hatte. Seine Haltung war die eines Mannes, der mit Stolz die Uniform seines Landes getragen hatte. Auch sie hatte ihrem Land gedient und konnte ehemalige Soldaten zehn Meilen gegen den Wind riechen.

Angel sah an ihm vorbei, um zu sehen, ob Phillip zumindest dieses eine Mal seinen gesunden Menschenverstand walten lassen würde und sich von den Socken machte.

Phillip blickte irritiert drein. „Sie sollen sie beschützen. Niemals war davon die Rede, dass Sie sich in die Angelegenheiten ihrer Vermarktung einmischen."

„Ich beschütze sie vor *Ihnen*." Er packte Phillips Arm und zerrte ihn zur Tür.

Der Kameramann brauchte keine schriftliche Einladung und hastete aus dem Badezimmer. In dem Versuch, Dukes unbändigem Zorn zu entkommen, krachte er mit der Kamera gegen den Türrahmen.

„Ich werde mit Mr. Patterson über Ihr Benehmen sprechen", sagte Phillip.

„Tun Sie das. In der Zwischenzeit versuchen Sie doch bitte, mich nicht wütend zu machen." Er schubste Phillip ein letztes Mal und beförderte ihn damit in den Flur. Dann knallte er ihm die Tür ins Gesicht.

Angel war beeindruckt, wie Duke das Kommando übernahm und durchsetzte, wofür er bezahlt wurde. „Bravo. Das wollte ich schon machen, seit er das Haus betreten hat."

Duke drehte sich zu ihr um und musterte sie. „Warum haben Sie es dann nicht getan?"

Sie zuckte mit den Achseln. „Weil er besser weiß, wie es in diesem Business läuft? Ich bin nur das Talent." Sie erinnerte sich, dass sie eine Rolle zu spielen hatte und wies mit einem Kopfnicken auf den Spiegel. „Wirklich eine Schande."

„Was meinen Sie?"

Genervt presste sie die Lippen aufeinander. „Das war mein Lieblingslippenstift." Sie musste ein Lachen unterdrücken, als sie die Abscheu auf Dukes Gesicht sah.

Er schüttelte den Kopf. „Der ruinierte Lippenstift ist das kleinste Ihrer Probleme."

„Du hast doch keine Ahnung, wie schwer es ist, den richtigen Farbton zu finden." Sie warf ihre Haare über die Schulter und betrachtete sich im Spiegel – so, wie es auch Lena tun würde.

„Süße, diese Nachricht ist eine Drohung."

Bei dem Kosenamen schoss ein lustvoller Schauer durch ihren Körper. Nicht, dass er es auf diese Weise gemeint hatte, aber von seinen Lippen klang einfach alles sexy – sogar, wenn es sarkastisch daherkam. Sie fragte sich, wie der Kosename klang, wenn er ihn mit gesenkter Stimme und in einem intimen Ton aussprach. Ein heißer Strom der Erregung fuhr durch ihren Körper und entließ Schmetterlinge in ihrem Bauch. Sie musste über die Anziehungskraft, die ihr Bodyguard auf sie hatte, hinwegkommen.

„Miss Love, wer auch immer diese Nachricht verfasst hat, wird mit seinem Spielchen nicht so schnell aufhören. Ich habe nicht vor, es zum bitteren Ende kommen zu lassen. Ich werde den Kerl stoppen."

„Dieses Grundstück ist mit dem besten Sicherheitssystem ausgestattet, das es gibt. Wie ist er in dem kurzen Zeitraum in mein Badezimmer gekommen?"

„Ich weiß es nicht." Sein Blick fiel auf den Bereich neben dem Waschbecken und den Boden.

„Was machst du?", fragte sie.

„Wenn wir den Lippenstift finden, könnten wir ihn auf Fingerabdrücke untersuchen lassen. Vielleicht ist unser Einbrecher in der Datenbank."

„Ein bekannter Verbrecher?" Ein gespielter

Angstschauer folgte. „Hmm, das klingt so gefährlich."

Duke richtete sich auf, packte ihre Oberarme und sah ihr direkt in die Augen. „Sie verstehen es einfach nicht, oder? Der Kerl spielt ein Spielchen mit ihnen. Sie sind die Beute und er das Raubtier."

Oh, das hatte sie sehr wohl verstanden. Sie war die Beute, schon klar. Aber Lena würde diese Tatsache nicht kümmern; Lena dachte, sie wäre unantastbar. „Er versucht doch nur, mir Angst einzujagen." Kokett platzierte sie eine Hand auf der Hüfte. „Ich bin nicht beeindruckt."

„Er ist ein Raubtier! Wie eine Katze, die mit ihrem Futter spielt, bevor sie den Nager umbringt. Was ist, wenn das sein Ziel ist?"

Sie runzelte die Stirn. „Das kannst du nicht wissen."

„Nein. Aber Vorsicht ist besser als Nachsicht. Das ist mein erster Auftrag und ich habe nicht vor, meine erste Klientin sterben zu sehen, weil sie ihre eigene Sicherheit nicht ernst nimmt."

Sie senkte ihre langen Wimpern. „Dafür habe ich doch dich, oder? Ich bezahle dich, damit du mich beschützt."

„Wenn du das willst, musst du meinen Regeln folgen."

„Regeln?" Sie riss ihre Augen weit auf und ging dann dazu über, Lenas berühmt berüchtigten Augenaufschlag an ihm zu testen. „Ich bin kein Fan von Regeln."

Er ließ sie los und trat ein paar Schritte zurück. „Dann können Sie sich eine andere Marionette suchen. Daran habe ich kein Interesse." Duke drehte sich um und ging stechenden Schrittes zur Tür.

Verdammt. Sie hatte nicht gewollt, dass er kündigte. Sie wollte doch nur Lenas Persönlichkeit gerecht werden. Anscheinend war sie zu überzeugend. Wer wäre besser geeignet, sie zu beschützen, als Duke? *Besser der Teufel, den man kennt, richtig?*

Angel zögerte nicht und hastete hinter ihm her, packte seinen Arm und riss ihn zu sich herum. „Warte! Geh nicht. Ich folge deinen dämlichen Regeln, okay?" Sie legte ihre Hände auf seine Brust. „Bitte verlass mich nicht." Sie stellte sich auf die Zehenspitzen und berührte mit ihren Lippen die seinen. „Bitte nicht."

Er gab keine Reaktion von sich, bewegte keinen Muskel und sagte nur: „Meine Regeln?"

Sie nickte. „Deine Regeln."

Ein Klopfen an der Badezimmertür unterbrach den Moment. „Lena?", sagte Phillip.

Angel trat einen Schritt von Duke weg. „Ja, Phillip? Was willst du?", fragte sie, ohne ihren Blick von Duke abzuwenden.

„Die Kameracrew will ein kurzes Interview

am Pool. Toll wäre es, wenn du dazu einen deiner Designer-Bikinis anziehen könntest."

Innerlich stöhnte sie. Lena war es vielleicht gewohnt, halbnackt umherzustolzieren. Angel hingegen bevorzugte es, in Gesellschaft Kleidung mit der nötigen Stoffmenge zu tragen.

Sofort pulsierte ihr Geschlecht und ihr Blick schweifte über Dukes breiten Oberkörper bis zu seinen schmalen Hüften ... vor ihm hätte sie kein Problem, sich zu entblößen.

Aber vor der Kamera und dutzenden Leuten einer Produktionsfirma? Nein, das gefiel ihr nicht.

„Ein Interview am Pool?" Fragend hob sie die Augenbrauen. „Würde das deine Regeln verletzen?"

„Nicht, solange ich in der Nähe bin", sagte Duke.

„Dann sollten wir die Sache hinter uns bringen." Sie wollte um ihn herumlaufen.

Er umfasste ihr Handgelenk und zog sie an seine Brust. „Eine Regel sollte ich Ihnen genauer verdeutlichen."

Sie sah ihm in seine braunen Augen. Ihr Herz flatterte wie die Flügel eines kleinen Vögelchens, das gerade fliegen lernte.

„Regel?", wiederholte sie. Ihr Verstand hatte ausgesetzt.

„Davon ..." Seine Lippen kollidierten mit den ihren, „... wird es keine Wiederholung geben."

Im Gegensatz zu seinem harten Körper war sein Mund weich, mit vollen und sinnlichen Lippen. Angel presste sich gegen ihn und hob sich auf ihre Zehenspitzen. Sie wollte ihm noch näher sein. Nie wieder wollte sie seinen köstlichen Mund missen.

Er entriss ihr seine Lippen und hauchte an ihrem Mund: „Und auch das wird sich nie wiederholen." Erneut nahm er Angels Lippen in Besitz und schob seine Zunge in ihren Mund.

Angel öffnete sich für ihn und traf ihn auf halbem Wege, führte mit seiner Zunge ein Duell aus, das ihren Körper in Flammen setzte. Niemals hätte sie gedacht, dass sie einen Mann so verzweifelt begehren könnte.

Seine Hände wanderten über ihren Rücken zu ihrem Hintern. Er packte ihre Pobacken und drückte sie an sich.

Sie hob die Hände in seinen Nacken, vertiefte die Verbindung und wünschte, sie könnte seine Haut an ihrer spüren. Sie wollte ihn. Nackt. In ihrem Bett, wo er sich tief in ihr vergrub.

Als er sie schließlich von sich wegschob, schwankte sie. Ihre Knie fühlten sich wie Wackelpudding an. Sie hob die Finger zu ihren geschwollenen Lippen. Gleichzeitig fragte sie sich, was hier gerade passiert war. Dann fiel es ihr wie Schuppen von den Augen.

Sie hatte gerade *den Kuss* erlebt. Einen Kuss, der mit keinem Kuss aus ihrer Vergangenheit vergleichbar war. Die Art von Kuss, durch dessen Hilfe ein Blick in die Seele des anderen möglich war.

Er starrte sie mit zusammengezogenen Augenbrauen an. „Habe ich mich klar und deutlich ausgedrückt?"

„Was?"

Sein Mundwinkel zuckte. „Die Regeln?"

Sie blinzelte und versuchte, sich an seine Worte vor dem Kuss zu erinnern. Wollte er damit sagen, dass ein derartiger Kuss niemals wieder vorkommen würde? Diese Regel konnte er nicht ernst meinen! Ihr gesamter Körper sträubte sich dagegen. Wie konnte sie ihm dieses Versprechen geben, wenn der Gedanke daran ihr jeglichen Lebenswillen raubte?

„Das ist doch ein Scherz, oder?", flüsterte sie.

„Ich scherze niemals", sagte er. „Sie sind meine Klientin. Ich bin Ihr Bodyguard. Jegliche Art von sexuellen Aktivitäten ist zwischen uns untersagt." Sein Kiefer spannte sich an und seine Augen bestätigten seine Entschlossenheit.

Wut brodelte an die Oberfläche ihres lustgetriebenen Verstandes und verdrängte alle Gedanken an zukünftige Küsse mit diesem Mann. Sie zwang sich zu einem Lächeln und hob trotzig das Kinn. „Das sollte kein Problem darstellen. Jedenfalls nicht für mich." Herausfordernd zog sie die Augenbrauen hoch. „Und jetzt entschuldige mich. Meine Fans warten."

Er trat beiseite. Als sie an ihm vorbeiging, lehnte er sich vor und flüsterte an ihrem Ohr: „Lügnerin." Dann räusperte er sich. „Nicht vergessen: Sie werden in einem Bikini erwartet."

Hitze strömte in ihre Wangen. Angel marschierte zu Lenas Kleiderschrank und griff sich aus dem Bereich, der für ihre farbenfrohen Badeanzüge und Bikinis reserviert war, einen pinken Hauch von Nichts. Demonstrativ drehte sie sich zu Duke: Sie trat in das Bikinihöschen, zog es sich über die Beine und hob ihren Rock, um das Höschen über ihren Hintern zu ziehen.

Duke gab keine Regung von sich – nur sein angespannter Kiefer verriet seine Gefühlslage.

Als sie das Unterteil an Ort und Stelle hatte, drehte sie ihm den Rücken zu und zog sich das Kleid über den Kopf. Dann schob sie die Arme durch die vorgesehenen Löcher des Bikinioberteils, richtete die Körbchen und drehte sich wieder zu Duke. „Zumachen."

Angel präsentierte ihm ihren Rücken. Ja, sie spielte mit Feuer, aber der Mann verdiente es, ein wenig gefoltert zu werden.

Er schnappte sich die zwei Seiten und schloss die Haken. Dabei kam er mit seinen Fingerknöcheln in Berührung mit ihrer Haut. Luststöme kitzelten durch ihre Adern. Ihr kleiner Plan war nach hinten losgegangen.

Sie setzte einen hochmütigen Gesichtsausdruck auf und marschierte dann die Treppe hinunter.

Angel konnte nicht schnell genug von ihm wegkommen. Dieser arrogante, selbstgefällige Mann dachte, er könnte sie auf diese Weise küssen und jetzt tat er auch noch so, als hätte der Kuss bei ihm nichts bewirkt? Zum Teufel mit ihm! Sie würde ihm schon zeigen, was sie von ihm und seinem erregenden Körper hielt. Männer! Wer brauchte die schon!

Nicht wegen *ihm* drohten ihre Knie nachzugeben! Nicht wegen *ihm* pochte ihr Herz wie verrückt! Ganz sicher nicht. Nein!

Sie seufzte.

Vielleicht sollte sie zu einem Arzt gehen. Das konnte nicht normal sein. Wenn ihr Geschlecht auch später noch pulsierte, dann würde sie eben ihre Sexspielzeuge zum Einsatz bringen. Niemals würde sie mit Duke Morrison Sex haben! Das schwor sie sich hoch und heilig.

Angel trat auf die Terrasse, wo die Gruppe aus Journalisten und Kameramännern geduldig auf sie wartete.

Sie beantwortete ein paar Fragen, die sie bereits mit Phillip vorbereitet hatte. Nach dem Interview gab Phillip ihr einen orangefarbenen Martini. Hundertprozentig Mango. Angel hasste Mango. Dann gab er ihr die Anweisung, den Kopf gen Himmel zu richten, als würde sie ihren

Urlaub genießen und die frische Montana-Luft einatmen.

Sie sehnte sich nach etwas Frieden und folgte der Aufforderung, obwohl ein widerwertiger Mango-Martini wirklich das Letzte war, was sie gerade wollte.

Die Kamera war auf sie gerichtet und Angel zählte die Sekunden, bis sie die ganze Mannschaft rauswerfen konnte. Vor Dukes Erscheinen hatte sie sich so entspannt gefühlt. Jetzt musste sie damit von vorne anfangen.

Mittlerweile war ein Gedanke in ihr omnipräsent: Sie bezweifelte, dass er jemals, auch wenn er das Haus in zwei Wochen verließ, aus ihrem Bewusstsein verschwinden würde.

„Noch eine Pose", sagte Phillip. „Mit dem Martini ein Bild für das *Besser Leben*-Magazin."

Seufzend hob Angel das Glas und zwang sich zu einem Lächeln.

Plötzlich war ein Knall zu hören und das Glas explodierte in ihrer Hand. Die klebrige Flüssigkeit des Mango-Martinis landete auf ihrem leichtbekleideten Körper.

KAPITEL 5

DUKE FLOG DURCH DIE LUFT, landete mit Lena auf einer Sonnenliege und bedeckte ihren Körper mit seinem.

Die Kameracrew rannte Deckung suchend davon.

Phillip warf sich auf den Boden und krabbelte unter eine Liege.

Duke wickelte seine Arme um Lena, rollte von der Liege auf den Boden und nahm dabei die Wucht des Aufpralls auf sich. Seine Schulter schmerzte.

Lena wehrte sich in seinen Armen. „Was machst du denn?", fragte sie.

„Ich hole Sie aus der Schussbahn." Mit dem Ellbogen traf sie ihn am Bauch und er grunzte. „Weib, hören Sie auf, mir das Leben schwerzumachen."

„Warum hast du mich nicht einfach rennen

lassen? Ich habe zwei gesunde Beine und bin sehr wohl in der Lage, mich außer Gefahr zu bringen."

„Hast du das auf Film?", schrie Phillip zum Kameramann.

„Ja, Sir", erwiderte der Kameramann, der hinter einer Mauer Deckung gesucht hatte. Hockend richtete er seine Kamera auf Lena.

„Ist das Ihr ernst?" Duke funkelte Phillip wütend an. „Miss Love hätte getötet werden können und ihr filmt das alles?"

„Das ist gute PR", sagte Phillip. „Die Öffentlichkeit wird es lieben! Das wird uns Filmangebote bis zum Abwinken heranschaffen!"

„Phillip, halt einfach die Fresse", sagte Lena und krabbelte wie ein erprobter Soldat über den Terrassenboden zur Hintertür.

Duke folgte ihr und benutzte seinen Körper, um sie auch weiterhin zu decken. Falls der Schütze entschied, einen erneuten Versuch zu wagen, musste Lena geschützt sein.

Auch im Haus waren sie noch nicht außer Gefahr. Erst im nächsten Raum erhoben sie sich. Hier gab es kein Panoramafenster, das Lena zu einer noch leichteren Beute machen konnte.

Sie hatte vom Krabbeln Kratzer an den Knien und den Ellbogen. Lena runzelte die Stirn. „Wie soll ich meinen Urlaub genießen und mich entspannen, wenn ein Hinterwäldler versucht, mich umzubringen?"

Phillip kam durch die Hintertür gekrabbelt und stand im Wohnbereich auf.

Duke würde es ihm nicht sagen. Seiner Meinung nach verdiente der Pressesprecher eine Kugel im Kopf. Der Kerl würde mit seiner Leichtsinnigkeit Miss Love noch in den Tod treiben. „Sagen Sie ihrem Pressesprecher, dass er die Leute hier rausschaffen soll."

„Phillip, du hast den Mann gehört. Rufe deine Mannschaft zusammen und verschwinde ins Hotel." Lena rieb die Hände zusammen.

„Okay, okay. Wir werden gehen. Wir kommen morgen wieder. Ich brauche mehr Außenaufnahmen."

„Nein." Duke schüttelte vehement den Kopf. „Ihr seid fertig hier. Bis wir herausfinden, wer die Drohungen hinterlässt und auf Miss Love schießt, wird keiner mehr aufs Anwesen gelassen, der nicht hier arbeitet."

Phillip verschränkte die Arme vor der Brust. „Sie können mir keine Befehle erteilen."

Duke unternahm einen Schritt auf den Mann zu.

Die Augen des Pressesprechers weiteten sich und er trat einen Schritt zurück. „Miss Love hat mich eingestellt. Sie ist die Einzige, die mir sagen kann, ob ich bleiben oder gehen soll", sagte Phillip und drehte sich Hilfe suchend zu Lena.

Sie verengte die Augen und ließ Stille im Raum einkehren. „Ich war von Anfang an gegen das Interview. Es sollte ein zweiwöchiger Urlaub werden. Wie soll ich mich bei so vielen Leuten entspannen?" Mit dem Daumen zeigte sie über ihre rechte Schulter. „Verschwinde."

Phillip betrachtete Duke mit einem wütenden Blick, bevor er seine Wut auf Lena richtete. „Du bist nur wegen mir in diesem Haus."

„Und ich bin nur wegen ihm noch am Leben." Sie wies mit dem Kopf auf Duke. „Ich habe vor, auch weiterhin am Leben zu bleiben. Je eher du mit deiner Entourage dieses Haus verlässt, desto besser stehen die Chancen, dass Mr. Morrison die Person findet, die für alles verantwortlich ist."

Phillip ging zu ihr. „Das werden wir später noch diskutieren."

„Dazu gibt es keinen Grund. Ich bin nur für zwei Wochen hier. Ich will nicht, dass dieser Fanatiker ihr … mir nach L.A. folgt. Du etwa?"

Phillip presste die Lippen aufeinander und antwortete schließlich mit: „Nein." Er wandte sich Duke zu. „Machen Sie, was nötig ist, um den Schuldigen zu finden."

Duke nickte. „Dafür bin ich hier."

Der Pressesprecher marschierte zum Ausgang und duckte sich beim Verlassen des Hauses.

Lena folgte dem Mann und machte die Tür hinter ihm zu. Dann lunzte sie durchs Fenster, ohne sich zur Zielscheibe zu machen. Dafür musste Duke ihr hohen Respekt zollen. Sie war vielleicht eine Diva, aber sie war nicht so dumm, wie er das zuerst gedacht hatte.

Die Einfahrt vor dem Haus leerte sich langsam. Alle verschwanden – auch der Kameramann.

Duke ging zu ihr. „Sie haben das Richtige getan."

„Er möchte nur das Beste für ihre … ähm, meine Karriere."

„Es gibt keine Karriere, wenn Sie sterben."

Sie schnaubte. „Guter Punkt." Sie seufzte und sah sich um. „Was soll ich in den nächsten zwei Wochen anstellen, wenn ich das Haus nicht verlassen darf? Meinen Urlaub habe ich mir anders vorgestellt."

„Ich weiß nicht. Haben Sie es schon einmal mit Lesen versucht?"

Sie runzelte die Stirn. „Wäre einen Versuch wert."

„Wissen Sie, wo sich im Haus das Sicherheitssystem befindet? Speichern Sie die Aufnahmen der Kameras?"

Sie zuckte mit den Achseln. „Keine Ahnung. Frag den Vorarbeiter. Vielleicht weiß er es."

„Brandt Lucas?" Duke schnaubte amüsiert.

„Oh, richtig." Ihre Wangen verfärbten sich zu einem sanften Rosaton, wodurch sie verletzlicher und zarter aussah – nicht wie die verwöhnte Schauspielerin. „Wie wäre es mit seinem Stellvertreter?"

Duke nickte. „Ich werde ihn fragen. Jetzt will ich erst mal das Haus nach Eindringlingen durchsuchen, und Sie werden mich dabei begleiten." Er zog seine Waffe aus seinem Holster und entsicherte sie.

Lena zog die Augenbrauen zusammen. „Denkst du, er könnte noch im Haus sein?"

„Es könnten mehrere Leute involviert sein. Wenn das der Fall ist, könnte sich einer im Haus versteckt halten, während sich der andere zum Schießen positioniert."

„Und ich muss dich bei dem Rundgang begleiten, weil …?"

„Weil ich Sie nicht im Blick habe und beschützen kann, wenn Sie nicht in meiner Nähe sind." Er fand ihren Blick. „Werden Sie jede meiner Anweisungen hinterfragen?"

Sie lächelte. „Könnte passieren. Wenn ich meinen Bodyguard nicht auf die Palme bringen kann, wo ist dann der Spaß?"

„Solange Sie meine Anweisungen befolgen, wenn es ernst wird."

Sie nickte. „Versprochen." Lena wedelte mit der Hand. „Geh voran."

„Wenn Sie nicht trinken, kann man sich wirklich an Sie gewöhnen."

Sie rollte mit den Augen. „Dann mache ich meinen Job als Diva nicht besonders gut. Ich werde die Bitch wieder herauslocken. Und jetzt halt die Klappe und suche."

„Und da ist sie wieder." Aus irgendeinem Grund musste er lachen, als Lena wieder zu ihrem gewohnten Ich zurückfand. Er schaffte es einfach nicht länger, sie zu verachten. Könnte daran liegen, dass er wusste, wie gut sie küsste, und wie erregend sich ihr Körper an seinem anfühlte. *Zur Hölle*, seine Lippen kitzelten noch immer von der prickelnden Zusammenkunft im Badezimmer.

Schon lange maß er Frauen an dem hohen Standard seiner Mutter. Das war der Grund, warum er nicht verheiratet oder in einer festen Beziehung war. Lena war nicht die Art von Frau, der er aus dem Kriegsgebiet Briefe gesendet hätte.

Aber ihr Körper. Ihre Figur machte ihn wahnsinnig. Wenn sie nicht seine Klientin wäre, würde er in Betracht ziehen, Sex mit ihr zu haben. Sicherlich war sie wild im Bett.

Er stellte sich vor, wie sie sich nackt im Bett räkelte und seinen Namen hauchte, wenn er sich tief und tiefer in ihr vergrub. Sofort wurde er hart.

Duke riss sich aus seinem Kopfkino. *Reiß dich zusammen.* Er hatte kein Interesse daran, als Kerbe auf Lena Loves Bettpfosten zu enden.

ANGEL FOLGTE DUKE DURCHS HAUS, wodurch sie es nicht nur besser kennenlernte, sondern auch einen Schlachtplan für den Notfall ausklügeln konnte.

Jemand hatte sich zu dem Haus Zugang verschafft, den Spiegel eingesaut und war verschwunden, bevor ihn jemand entdeckt hatte. Wie war das möglich?

Im Moment folgte sie ihrem Bodyguard. Mit jedem weiteren Schritt reagierte ihr Körper wie ein Meteorit, der vom Gravitationsfeld eines Planeten eingefangen worden war. *Mein Gott.* Sie hatte doch erst Sex gehabt – oder?

Sie hielt inne und dachte kurz nach. Wie lange war es her? Einen Monat? Zwei Monate? Sie dachte an ihr letztes Date zurück und biss sich auf die Unterlippe. Diese grauenvolle Verabredung war bereits ein Jahr her. Sie war so beschäftigt gewesen, auf Filmsets herumzurennen und für Lena zu arbeiten, dass sie vergessen hatte, ihr eigenes Leben zu leben. Kein Wunder, dass sie ihren Bodyguard anspringen wollte. Sie hatte Entzugserscheinungen! Um sich von ihren schmutzigen Tagträumen abzulenken, in denen sie die Finger über seine nackte Brust und die beeindruckenden Bauchmuskeln gleiten ließ, sagte sie: „Und, was ist deine Geschichte?"

„Was für eine Geschichte?", fragte er misstrauisch.

„Ah ja. Ich soll dir also jedes kleine Detail aus der Nase ziehen. Wunderbar." Sie nickte entschlossen. „Also gut. Wie wäre es, wenn du mir zuerst beantwortest, wie lange du schon als Bodyguard arbeitest?"

„Heute eingerechnet?" Er wies mit dem Kopf zur Seite und verengte für ein klareres Bild seine Augen. Schließlich antwortete er: „Einen halben Tag."

„Was?" Sie trat einen Schritt zurück. „Du bist also gar kein Bodyguard? Was schickt dieser Hank Patterson denn bitte für Leute los?"

„Er stellt ehemalige Soldaten ein."

„Du bist also ein Veteran?" Sie grinste. Das hatte sie sich schon gedacht. Seine Haltung und seine Disziplin verrieten ihn. „Welcher Zweig?"

„Army."

„MOS?"

Unerwartet hielt er an und drehte sich zu ihr. „*Military Occupational Specialty* Codes. Was weißt du über die Codes?"

Sie zuckte mit den Achseln, wandte den Blick ab und wurde rot. „Ich lese." Sie musste sich wirklich daran erinnern, wen sie hier gerade verkörperte. Lena Love würde niemals wissen, was die Abkürzung MOS bedeutete. Sie würde geradeso wissen, dass es einen Unterschied zwischen Army, Air Force, Navy und den Marines gab.

„Mein MOS in der Army war 11B, Infanterie."

Als Lena rümpfte sie die Nase und ließ ihren Blick über seinen muskulösen Körper schweifen. „Wirklich? Ich hätte dich eher für einen SEAL oder Delta Force-Soldaten gehalten. Wie in den Filmen, weißt du?" Sie berührte seinen Arm.

„SEALs gehören zur Navy. Die Delta Force ist Teil der Army. Ein Luftlande-Einsatzkommando, dessen Hauptaufgabe es ist, Terrorismus zu bekämpfen."

Angel verarbeitete seine Worte. Eine Welle der Erregung schoss durch ihren Körper. „Das klingt, als würdest du aus Erfahrung sprechen."

Er nickte. „Vielleicht tue ich das." Er ging durchs Büro, sah unterm Schreibtisch nach, hinter den Vorhängen und in dem kleinen Schrank. „Im Moment haben wir die Mission, jeden Winkel dieses Hauses zu durchsuchen. Ich nehme meine Arbeit sehr ernst."

„Du warst bei der Delta Force." Angel starrte ihn mit neu gewonnenem Respekt an. „Nur die Besten der Besten der Green Berets und der Rangers werden gebeten, sich der Delta Force anzuschließen."

Er rüttelte an den Türknopf der Glastüren, bevor er sich zu ihr drehte. „Ja. Ich gehörte zur Delta Force."

„Was ist passiert? Warum arbeitest du als Bodyguard, wenn du gegen Terroristen kämpfen solltest?"

Er zuckte mit den Schultern. „Ich bin mit zu vielen Sprengvorrichtungen in Kontakt gekommen. Der Vorstand hat mich vor einer Woche in den Ruhestand geschickt." Dukes Kiefer war angespannt. Angel sah es ihm an: Er hatte das Militär nicht verlassen wollen.

Sie berührte seinen Arm. „Tut mir leid."

„Muss es nicht. Ich bin das erste Mal seit vielen Jahren endlich wieder in meiner Heimatstadt. Viele Jungs können sich nicht so glücklich schätzen; sie kommen in Leichensäcken nach Hause."

Angel konnte ihm ansehen, dass es ihm schwerfiel, das Leben im Militär hinter sich zu lassen. Sie verstand ihn. Nachdem sie in einem Kugelhagel verletzt wurde, war auch sie ausgemustert worden. Sie hatte ihre Einheit, ihre Brüder und Schwestern, zurücklassen müssen.

Um ihrer Einsamkeit entgegenzutreten, war sie in ihre Heimat nach Kalifornien zurückgekehrt, wo sie in einer Werkstatt von einem Agenten entdeckt wurde. Er hatte die unverkennbare Ähnlichkeit zu dem Megastar Lena Love erkannt. Nachdem er herausgefunden hatte, dass sie Motorrad fahren konnte, keine Angst vor Feuer hatte, einen Schlag einstecken und durch Fenster fallen konnte, besorgte er ihr einen Job. Von da an arbeitete sie als Lenas Stunt-Double in den Actionfilmen, für die sie bekannt war.

„Wie fühlt es sich an, wieder in Montana zu sein?", fragte sie.

Er zuckte mit den Achseln. „Ich bin noch nicht lange genug zurück, um mir darüber eine Meinung zu bilden. Ich bin erst gestern in der

Stadt angekommen und heute Morgen dann gleich zu meinem Treffen mit meinem neuen Boss gefahren."

Ihr Herz schmerzte für ihn. Bestimmt vermisste er sein Team. Mittlerweile kannte sie ihn aber gut genug, um zu wissen, dass er nicht die Art von Mann war, der seine Gefühle bereitwillig jedem auf die Nase band. *Zum Teufel*, auch sie würde das nicht. Trotz allem würde jeder, der sich eine Sekunde nahm, sofort erkennen, dass ihre Todeswunsch-Routine nur Theater war.

Dreißig Minuten später mussten Duke und sie erkennen, dass neben ihnen nur das Dienstmädchen und der Koch im Haus waren. Lyle Sorenson, der stellvertretende Vorarbeiter ließ sie wissen, dass die Bänder der Überwachungskameras auf dem Server des Anbieters gespeichert wurden. Ohne ein dazugehöriges Passwort würden sie aber erst Morgen während der Bürozeiten an die Aufnahmen kommen.

Der Geruch des Abendessens drang an Angels Nase und ließ ihren Bauch grummeln. „Das Abendessen wird gleich serviert und Le ... ähm, mir gefällt es, sich dafür ein wenig zurechtzumachen." Sie musterte ihn. „Wie hoch ist die Wahrscheinlichkeit, dass du etwas Schickes im Gepäck hast?"

„Ich habe eine Anzugshose und ein Hemd." Er sah sie misstrauisch an. „Warum?"

„Du wirst mit mir zusammen zu Abend essen." Herausfordernd hob sie ihr Kinn.

Duke schüttelte den Kopf. „Das ist nicht nötig. Ich kann vor dem Speisesaal warten, während Sie essen."

„Wie du es bereits gesagt hast: Du kannst mich nur beschützen, wenn du immer in meiner Nähe bist." Von oben herab sah sie ihn an und ließ Lena Love auf ihn einwirken. „Ich bestehe darauf." Es hatte Vorteile, eine herrische, reiche Diva zu sein: Sie bekam, was sie wollte.

Natürlich gab es auch die Schattenseite: Lena Love zog die Aufmerksamkeit von Paparazzi und fanatischen Stalkern auf sich. Angel musste sich nur zwei Wochen damit rumquälen – Lena täglich. Ja, sie war eine Nervensäge, aber sie hatte niemals auch nur eine Minute für sich. Das würde Angel in den Wahnsinn treiben.

Angel ging vor Duke die Treppe hoch. Vor seinem Raum ließ sie ihn allein, damit er sich umziehen konnte. In der Zwischenzeit hüpfte sie in die Dusche, entfernte den klebrigen Martini von ihrer Haut und wusch sich die Haare.

Nachdem sie ihre Haare geföhnt hatte, ging sie zu Lenas Kleiderschrank und begutachtete die Kleider. Tiermuster waren keine Option, genauso wenig wie knallige Farben oder durchsichtige Materialien. Sie entschied sich für ein bodenlanges Kleid aus einem butterweichen Material, das Angel nicht identifizieren konnte. Noch nie hatte sie etwas vergleichbar Edles besessen. Das cremefarbene Kleid schmiegte sich an ihren Körper und fühlte sich wie eine sinnliche Berührung an. Ihr inneres Feuer entflammte und sie hatte den Drang, zu Dukes Schlafzimmer zu gehen. Sie wollte, dass er seine Hand über das unglaubliche Material und letztendlich ihre erhitzte Haut gleiten ließ.

Sie schüttelte sich aus ihren Fantasien, warf einen Blick auf den Schmuck und entschied sich für eine Perlenkette und die passenden Ohrringe.

Ihre Haare ließ sie offen und sie fielen ihr in sanften Wellen auf die Schultern. Dann fand sie ihr Spiegelbild und schnappte bei dem Anblick nach Luft. Sie sah nicht in die Augen der Angel Carson, die sie zu kennen glaubte. *Kleider machen Leute. So wahr.* Sie fühlte sich wie eine andere Person. Sie zog sich Sandalen an und ging dann zur Treppe. Sie folgte dem Aroma der Küche.

Duke stand am Fuß der Treppe. Er trug eine schwarze Hose, ein weißes Hemd und Cowboystiefel. Seine nassen Haare hatte er nach hinten gekämmt. Er sah aus wie ein Model für eine Marlboro-Werbung. Noch immer wild und attraktiv, obwohl er sich dem Anlass entsprechend gekleidet hatte.

Sein versengender Blick schweifte über ihren Körper.

„Wunderschön", sagte er mit rauer Stimme,

die die Schmetterlinge in ihrem Bauch zum Leben erwachten.

Er bot ihr den Arm an und führte sie in den Speisesaal.

Das Kompliment ließ sie erröten. Sicher, er war der Bodyguard und er wurde bezahlt, dennoch fühlte sich die Wertschätzung gut an.

Der Tisch war für zwei Leute gedeckt. Die Kerzen erzeugten jene romantische Atmosphäre, die weder Angel noch Duke abschreckte. Wie es schien, nahm der Koch an, dass Lena Love ein Date bewirtete und vorhatte, den armen Kerl zu verführen.

Weingläser standen neben den Tellern, zusammen mit Servietten und Besteck.

Duke zog ihr einen Stuhl zurecht. „Wollen wir?"

Angel setzte sich. „Was ich bisher von den Kreationen des Kochs probieren durfte, war immer ausgezeichnet."

„Ich bin mir sicher, dass Sie auf das Beste bestehen", sagte er.

Angel hatte mit eigenen Augen mit ansehen müssen, wie Lena einen Koch zur Schnecke machte, weil er ihr einen minderwertigen Hamburger serviert hatte. Demnach konnte Angel Dukes Bemerkung unterschreiben. „Ich arbeite hart und verdiene viel Geld. Es ist mein gutes Recht, mein Geld so auszugeben, wie mir das gefällt."

„Das stimmt", sagte Duke und nahm gegenüber von ihr Platz.

Das Hausmädchen servierte die Gänge, einen nach dem anderen, und war rechtzeitig zurück, um die leeren Teller in die Küche zu bringen.

Die Mahlzeit war einer dieser angenehmen Nebeneffekte als Lena Love. Die Frau verlangte das Beste von ihren Angestellten und sie lieferten ab.

Angel aß jeden letzten Krümel – inklusive des Nachtisches. Wie konnte sie bei Tiramisu ‚Nein' sagen?

Duke schüttelte den Kopf. „Sie haben einen gesunden Appetit. Wie gelingt es Ihnen, so dünn zu bleiben?" Abwehrend hob er die Hände. „Nicht, dass ich Sie verurteile. Ich bin es von den meisten Frauen einfach gewohnt, dass sie wie Spatzen essen."

„Ich habe viel Bewegung", sagte Angel. Sie musste zugeben, dass Lena normalerweise nicht sehr viel aß. Trotz allem machte sie Sport, um ihren Körper zu perfektionieren. Jedenfalls, wenn sie ihn nicht gerade mal wieder mit Alkohol und Drogen vergiftete.

Mit einer Tasse Kaffee in der Hand lehnte sich Duke zurück. „Sie kennen meinen Hintergrund. Was ist mit Ihnen? Wussten Sie schon immer, dass Sie Schauspielerin werden wollen?"

Angel nickte. Sie kannte Lenas Geschichte. Sie hatte Lenas Biographie gelesen, um mehr über die Frau zu erfahren, für die sie arbeiten sollte. „Angefangen habe ich mit Werbespots, bis mich mein Agent bei einem Filmcasting angemeldet hat. Zu dem Zeitpunkt war sie … ich acht Jahre alt." Sie zuckte mit den Schultern. „Der Film war sehr erfolgreich und brachte meine Karriere ins Laufen. Ich habe nie zurückgeblickt."

Mehr wusste sie nicht über Lenas Leben. Abgesehen von den Dingen, die sie miterlebte und was die Klatschspalten berichteten. Nach einem langen Tag, an dem sie so tun musste, als wäre sie Lena, wollte Angel nur noch ins Bett und unter Lenas Bettdecke kriechen.

„Ich bin müde", sagte Angel. „Das war ein langer Tag. Ich denke, es ist Zeit fürs Bett."

Duke nickte. „Ich muss zugeben, dass ich auch ziemlich müde bin. Nachdem ich die letzten beiden Tage im Auto saß, freue ich mich auf ein weiches Bett." Er stand auf, kam an ihre Seite und rückte ihren Stuhl zurück. Sie stand auf und er bot ihr erneut den Arm.

Angel akzeptierte seinen Arm, obwohl sie wusste, dass die Nähe zu ihm nicht förderlich für ihren Schlaf war. Bei jeder noch so kleinsten Berührung wollte sie ihm und sich selbst die Kleidung vom Körper reißen und mitten im Wohnzimmer heißen Sex mit ihm haben.

Angel hatte für dieses Problem nur eine Lösung parat: Sie musste so schnell wie möglich in ihr Zimmer und sich unter den kalten Wasserstrahl stellen. Sehr kalt.

Mit diesem Plan im Kopf ging sie eilig die Treppe empor, um Duke zu entkommen. Statt in sein Zimmer zu gehen, folgte er Lena Love in ihr Zimmer. „Bevor wir uns hinlegen, will ich nochmal durch Ihr Zimmer gehen."

„Ist das wirklich notwendig?", fragte sie. „Du hast doch vorhin im Haus jede Tür und jedes Fenster gecheckt. Denkst du, dass sich jemand so leicht Zugang verschaffen könnte?"

„Schlösser können geknackt werden", sagte er.

Sie rollte mit den Augen. „Okay. Dann lass dich nicht aufhalten. Je schneller du anfängst, desto schneller bist du fertig, und ich kann ins Bett."

Sorgfältig sah er sich in der Suite um, suchte unterm Bett, im Schrank und im Badezimmer, wo der Spiegel wieder blitzeblank daherkam, nach einer möglichen Bedrohung. „Alles in Ordnung", verkündete er.

Als er endlich den Raum verließ, atmete Angel erleichtert aus und entledigte sich ihrem Kleid. Abgesehen von einem Spitzenhöschen war sie nun vollkommen nackt. Noch wollte sie sich nicht Bett fertigmachen. Wieder drang ihr ins Bewusstsein, wie sehr sie sich zu ihrem Bodyguard hingezogen fühlte.

Da der Mann, der ihre Gedanken beherrschte,

nicht länger im Raum war, fiel ihr die Decke auf den Kopf.

Das Blut rauschte durch ihre Venen. Sie fand keine Ruhe und wusste, dass sie sich anderweitig Abhilfe schaffen musste. Am liebsten würde sie ein paar Kilometer joggen gehen, um die Kalorien abzutrainieren und ihren Kopf freizubekommen – doch das war nicht möglich.

Angel lief vor ihrem Bett auf und ab. Nichts schien ihre Nerven zu beruhigen. Ein Blick auf die Uhr verriet ihr, dass es bereits weit nach Mitternacht war. Dann kam ihr ein Gedanke: der Pool. Sie sehnte sich so sehr nach einem mitternächtlichen Schwimmen.

Der Schütze würde doch so spät nicht mehr in den Büschen lauern, oder?

Ihr wunderschönes Kleid wurde durch ein blau-weißes Trikot der L.A. Dodgers ersetzt. Dann wartete sie fünfzehn Minuten, bis das Haus vollkommen ruhig war und sie keine Bewegung von Dukes Zimmer wahrnehmen konnte. Erst dann öffnete Angel ihre Tür und warf einen Blick in den Flur.

Ein Gefühl der Erleichterung, das sich mit Enttäuschung um den Thron stritt, machte sich in ihr breit. Duke war nicht im Flur und auch nicht auf der Treppe. Natürlich wusste sie, dass sie sich durch diese kleine Aktion in Gefahr bringen könnte, aber Widerstand war zwecklos. Sie brauchte frische Luft. Mit Bedacht schob sie die Terrassentüren auf. Der Mond leuchtete ihr den Weg zum Pool.

In den Schatten wartete Angel und scannte ihre Umgebung nach Bewegungen ab.

Sie kam zu dem Entschluss, dass sie allein war, entledigte sich dem Trikot und lief nur in ihrem Spitzenhöschen zum Rand des Pools. Schon bald glitt sie durch das Wasser. Sie schwamm bis zur Erschöpfung und fühlte sich mit jeder Runde besser. Es dauerte nicht lange, bis die Müdigkeit von ihr Besitz nahm.

Ein Platschen störte sie in ihrem Rhythmus. Sie sank unter die Wasseroberfläche und tauchte fluchend wieder auf: „Was zum Teufel sollte das denn, Duke?" Sie drehte sich dem Jemand zu, der ihre Ruhe störte und gerade wieder auftauchte. „Brandt?"

Er schwamm mit einem Funkeln in seinen Augen auf sie zu. „Ich habe lange gewartet, in der Hoffnung, dass du nach mir schicken lässt. Als ich nichts von dir hörte, entschied ich, einfach selbst nach dir zu sehen."

Angel versuchte, ihre nackten Brüste zu bedecken und gleichzeitig Richtung Poolrand zu schwimmen. Was natürlich in die Hose ging. „Äh, Brandt, ich habe nicht nach dir geschickt, weil es mir heute nach deinen … Diensten, oder wie auch immer du es bezeichnest, nicht verlangt."

Er zog die Augenbrauen zusammen, kam jedoch weiterhin auf sie zu. Je näher er schwamm, desto sinnlicher wurde sein Grinsen. „Spielst du heute die Unnahbare? Du weißt doch, wie sehr mich das erregt."

„Ich meine es ernst, Brandt", sagte Angel in einem bestimmenden Ton. „Ich bin nicht in der Stimmung. Komm nicht näher."

Sein Grinsen wurde breiter. „Dein Mund sagt ‚Nein', aber deine Augen und dein hinreißender Körper sagen ‚Ja'."

„Alter, du brauchst jemanden, der dir die Körpersprache näherbringt. Meine Augen und mein Körper sind von einem ‚Ja' ganz weit entfernt." Sie gab den Versuch auf, ihre Brüste bedeckt zu halten und konzentrierte sich stattdessen aufs Schwimmen, um Abstand zwischen den näherkommenden Vorarbeiter und sich zu bringen.

„Normalerweise machen wir in der ersten Nacht Liebe, in der du wieder auf der Ranch bist. Als du an dem Abend nicht nach mir geschickt hast, schrieb ich es der Müdigkeit von der langen Reise zu." Er trat entschlossen mit den Füßen und folgte ihr ins tiefe Ende des Pools. „Warum solltest du sonst mitten in der Nacht nackt schwimmen gehen? Du willst mich." Er packte sie und riss sie an seinen Körper.

Angels Reaktion bestand darin, ihn mit dem Knie in seine Weichteile zu treten.

Brandt fluchte und krümmte sich vor

Schmerzen. Trotz allem ließ er nicht von Angel ab. „Warum hast du das gemacht, Lena?"

„Ich habe dir doch gesagt, dass du nicht näher kommen sollst. Und jetzt lass meinen Arm los, bevor ich einen zweiten Schlag austeile."

„Ich verstehe nicht."

Ein zweiter Platscher machte die beiden auf einen Neuankömmling aufmerksam.

Ein dunkler Schatten schoss wie eine Rakete der Marine durchs Wasser auf Angel und Brandt zu.

Im nächsten Moment wurde Brandt unters Wasser gezogen. Da er Angel immer noch am Arm hatte, tauchte auch sie unter.

Angel versuchte, sich von ihm zu lösen. Stattdessen schaffte er es, sie auch mit der anderen Hand zu packen. Er krallte sich an ihr fest. Beide wurden weiter in die Tiefe gezogen.

Ihre Lungen brannten. Verzweifelt kämpfte Angel gegen seine Umklammerung. Sie trat um sich und betete, dass er sie bald losließ. Sie wollte nicht ertrinken.

KAPITEL 6

DUKE STAND GERADE unter der Dusche, als Lena sich rausschlich. Hätte er vorm Schlafen nicht ein letztes Mal nach ihr gesehen, wäre er zu spät gekommen. Er war in ihr Zimmer gegangen, um sicherzustellen, dass alle Fenster geschlossen waren und sie zu fragen, ob sie noch etwas brauchte. Dort fand er das Bett leer vor. Sie war verschwunden. Sein Puls beschleunigte sich und er hastete aus ihrem Zimmer.

Verdammt, warum musste sich diese Frau immer grundlos in Gefahr bringen? Sie konnte doch nicht mitten in der Nacht auf ihrem Anwesen herumstolzieren. Wer auch immer diese Nachricht auf ihrem Spiegel hinterlassen hatte, war es gelungen, ihr Sicherheitssystem zu überwältigen. Wenn er es einmal geschafft hatte, würde er es auch ein zweites Mal schaffen.

Auf halbem Weg die Treppe runter sah er sie

durch die riesigen Fenster im Pool schwimmen. Er beobachtete, wie sie sich vom Brustschwimmen auf den Rücken drehte und weiter ihre Runden schwamm. Das Mondlicht kitzelte ihre nackten Brüste und ließ ihn kurzzeitig erstarren.

Ihr perfekter Körper zog ihn in einen Bann. Schlank, mit den Kurven an den richtigen Stellen, durchtrainierten Armen und Beinen schob sie sich durchs Wasser. In seiner Wertschätzung verharrte er zu lange in seiner erstarrten Position.

Dann sprang eine weitere Person zu Lena in den Pool und schwamm auf sie zu.

Duke flog die Stufen hinunter, hastete durch den Wohnbereich und durch die Hintertür auf die Terrasse.

Der Mann hatte den Pool durchquert, bevor Duke den Rand erreichte.

Und, *mein Gott*, Lena wehrte sich.

Getrieben von Zorn tauchte Duke ins Wasser. Wenige Sekunden später packte er den Angreifer am Fußknöchel und zog ihn unter die Wasseroberfläche. Unglücklicherweise hatte er seine Hand noch immer um Lenas Arm, wodurch auch sie unters Wasser gezogen wurde. Duke kletterte an dem Körper des anderen Mannes empor und wickelte einen Arm um seinen Hals. Hart packte er zu und würgte den Übeltäter.

Schließlich ließ er von Lena ab. Sie stieß sich

vom Grund ab und schoss an die Wasseroberfläche.

Duke schwamm rückwärts in den flachen
Bereich des Pools, setzte den Angreifer auf seine
Füße und schubste ihn auf den Rand zu. „Raus
aus dem Pool! Und lass dich nie wieder auf dem
Anwesen blicken!"

Der Mann drehte sich um und Duke musste
erkennen, dass es sich um Brandt Lucas handelte.

„Bist du wahnsinnig! Du hättest mich beinahe
umgebracht!" Er prustete und watete durch das
Wasser zu den Poolstufen. „Ich habe sie nicht
attackiert. Ich wollte sie verführen."

Duke fand Lenas Blick, die sich seitlich am
Pool festkrallte und heftig ein und ausatmete.
„Stimmt das?"

„Oh, er hat es versucht", sagte sie, „aber ich
hatte kein Interesse."

Auf der Terrasse schob sich Brandt die Haare
aus dem Gesicht und spie: „Du bist eine
verrückte Schlampe! Du hast mir versprochen,
dass du mir eine Filmrolle besorgst. Als dein
Vorarbeiter habe ich nur meine Zeit verschwen-
det. In der Zeit hätte ich bereits als Model in L.A.
arbeiten können!"

Lena zuckte mit den Schultern. „Scheint mir
ganz so, als müsstest du dir selbst eine Karriere
aufbauen, anstatt dich an den Erfolg anderer zu
hängen. Du weißt, wo die Tür ist."

Brandt schnappte sich seine Jeans, schob seine

Beine in die Hosenbeine und riss sie über seine Hüfte. „Ich hätte auf meinen Agenten hören sollen", murmelte er. „In dieser Einöde gibt es rein gar nichts zu holen." Endlich verschwand er und ging Richtung Scheune, wo sich auch seine Unterkunft befand.

Duke fuhr mit der Hand durch seine nassen Haare. „Brauchen Sie Hilfe beim Aussteigen?"

Sie schüttelte vehement den Kopf. „Nein. Nein, vielen Dank." Mit einem Arm bedeckte sie ihre nackten Brüste, während sie sich mit dem anderen am Rand festhielt. „Du kannst wieder ins Bett gehen. Ich brauche nicht mehr lange und werde gleich wieder ins Haus gehen."

Er schmunzelte. Er wusste, dass sie nackt war. Nachdem sie beinahe von ihrem ehemaligen Vorarbeiter begrabscht worden wäre, wollte er sie nicht vom Haken lassen. Sie hatte unvorsichtig gehandelt. „Ich werde warten. Ich möchte sicherstellen, dass Sie in einem Stück bei Ihrem Zimmer ankommen."

„Das brauchst du nicht. Ich schaffe es allein in mein Zimmer."

„Miss Love, Sie wissen genau, dass ich Sie nicht allein hier draußen lassen kann", sagte er. „Wenn Sie schwimmen wollen, müssen Sie mir das sagen. Dann begleite ich Sie."

„Ich wollte keine große Sache daraus machen. Ich war vorsichtig und hab mich umgesehen, bevor ich ins Wasser bin."

Duke spannte seinen Kiefer an. „Aber Sie brauchen jemanden, der Ihnen Deckung gibt, wenn Sie nicht aufmerksam sind. Sie bringen sich selbst in Gefahr." Er streckte die Hand nach ihr aus. „Kommen Sie raus. Sie sollten sich nicht auf dem Silbertablett präsentieren. Der Schütze könnte in diesem Moment eine Waffe auf sie richten."

„Das riskiere ich."

Duke näherte sich, watete durchs Wasser auf sie zu. Als er den Boden unter den Füßen nicht mehr spürte, schwamm er langsam näher und gab ihr die Chance, alleine aus dem Pool zu steigen, oder sich mit ihm auseinanderzusetzen.

„Komm nicht näher!", sagte sie.

„Ich werde Sie aus dem Wasser holen."

„Verdammt, Duke! Ich bin nackt. Ich werde nicht aus dem Pool kommen, bis du mir den Rücken zudrehst."

Er lachte. „Ich weiß, dass Sie nackt sind. Ich habe Sie vom Haus gesehen." Vor ihr stoppte er und streckte ihr erneut die Hand hin. „Ich werde nichts machen, dass Sie nicht wollen. Ich bitte Sie einfach nur, mir zu erlauben, Sie in Sicherheit zu bringen." Er zwang sich dazu, den Blick nicht auf ihre Brüste fallen zu lassen. Das war nicht einfach. Stattdessen sah er ihr direkt in die Augen und wartete.

Sie kaute auf ihrer Unterlippe herum und erwiderte ungehemmt seinen Blick.

Die Sekunden verstrichen, bevor sie ihre Hand in seine legte. Er zog sie an seinen Körper und ihre nackten Brüste kamen in Kontakt mit seiner Haut.

Duke schluckte ein Stöhnen herunter und sagte: „Bereit?"

„Ja", hauchte sie. Ihre Schenkel rieben unter dem Wasser gegen seine und sendeten einen Luststurm direkt in seinen Intimbereich.

Er schwamm zu dem flachen Bereich, bis er den Boden spürte. Aus irgendeinem Grund konnte er sich in diesem Moment nicht dazu bringen, weiterzugehen.

Der Mond ließ sie in einem hellblauen Licht erstrahlen. Ihre Haare waren nass und gaben den Blick auf ihre perfekten Gesichtszüge frei – von den hohen Wangenknochen bis zu ihren sinnlichen, vollen Lippen.

Vielleicht war es die Magie des Mondlichtes, das ihn dazu verleitete, seinen Mund auf ihren abzusenken. Er musste es einfach tun. Es fühlte sich so natürlich an wie das Atmen.

Bei dem ersten Kontakt mit seinen Lippen entrang ihr ein sanfter Seufzer. Sie lehnte sich gegen ihn, wickelte die Arme um seinen Hals und öffnete sich für ihn.

Er schob die Zunge an ihren Zähnen vorbei und lud die ihre zu einem sinnlichen Tanz ein. Sie schmeckte nach Tiramisu und Kaffee – zwei seiner liebsten Geschmackssorten.

Nach einer Weile löste er sich widerwillig von ihr und presste seine Schläfe gegen ihre. „Lass uns ins Haus gehen."

Bevor sie protestieren konnte, hob er ihren nackten Körper in seine Arme und trug sie aus dem Pool. Wasser tropfte von ihrem nackten Körper auf die Terrasse.

Sie streckte ihre Hand nach den Glastüren aus und öffnete diese.

Duke trat die Tür hinter sich zu und überließ ihr das Sichern der Tür.

„Du kannst mich jetzt runterlassen."

Er schüttelte den Kopf. „Erst, wenn ich Sie sicher in Ihrem Zimmer weiß."

Sie zog die Augenbrauen hoch. „Wie du willst. So leicht bin ich nicht und du hast ein verletztes Bein. Viel Glück bei der Treppe."

„Nichts für ungut, Miss Love, aber halten sie die Klappe." Er lief über den Eichenfußboden und machte sich an die Stufen. Seine ersten Schritte waren schnell, doch je näher sie dem Obergeschoss kamen, desto schwerer fiel es Duke, seine heftige Atmung vor ihr zu verstecken. Sein Bein brannte.

Lena hatte die Arme vor den Brüsten verschränkt und trug einen Gesichtsausdruck, der deutlich sagte: *Ich habe es dir ja gesagt.* Sie fand seinen Blick und sagte schließlich: „Gibst du auf?"

Er presste die Zähne aufeinander, holte tief Luft und stampfte dann den Flur entlang. Bei ihrem Schlafzimmer trat er die Tür auf, ging hinein und warf sie auf ihr riesiges Bett.

„Hey! Das war nicht sehr nett." Sie zog die Decke über ihren nackten Körper. „Sie, Mr. Morrison, sind kein Gentleman."

„Und Sie, Miss Love, sind keine Lady. Hat Ihnen Ihre Mutter etwa nicht beigebracht, dass man in der Öffentlichkeit einen Badeanzug trägt?"

„Es ist mein Haus! Wenn ich das will, kann ich den ganzen Tag nackt umherrennen!" Sie hob ihr Kinn und sah ihn sogar von ihrer liegenden Position von oben herab an. „Außerdem hätte ein wahrer Gentleman seinen Blick abgewandt."

„Da wir bereits geklärt haben, dass ich kein Gentleman bin, ist Ihre Argumentation nicht standhaft." Er ging zu den Fenstern und testete, ob die Schlösser fest verschlossen waren, bevor er ins Badezimmer ging und schließlich unter dem Bett nach dem Rechten sah.

Ein nackter, schlanker Fuß trat ihm unerwartet gegen die Schulter und er fiel nach hinten. Dabei packte er den Fuß und zog sie vom Bett. Die beiden landeten in einem verwobenen Knäuel aus Beinen und Armen auf dem Schafsfell vor ihrem Bett.

Lena versuchte, sich zu befreien und von ihm wegzukriechen.

Das würde Duke nicht zu lassen. „Bereiten Sie sich darauf vor, das zu ernten, was Sie gesät haben." Auf dem Fell drehte er sie auf den Rücken, setzte sich rücklings auf sie und fixierte ihre Hände über ihrem Kopf. Dann betrachtete er ihr errötetes Gesicht.

„Ich denke nicht, dass es zu deiner Jobbeschreibung gehört, die Klientin festzunageln." Sie zappelte unter ihm. Gleichzeitig entfachte in Duke eine Begierde für diese unmögliche Frau.

„Ich beschütze Ihren Körper." Seine Augen glitten tiefer. „Und da Sie das Bedürfnis haben, ständig nackt durch die Gegend zu rennen, muss ich annehmen, dass Sie kein Problem damit haben, wenn ich Sie in diesem Zustand betrachte." Sein Blick fiel auf ihre Brüste. Bereits gestern Abend hatte sie ihm diese unter die Nase gehalten. Er runzelte die Stirn. Dieses Mal war etwas anders. Auf ihrer linken Brust, direkt unter ihrem Nippel, befand sich ein Tattoo: Ein Herz, das von zwei Tauben begleitet wurde.

Er erstarrte und konnte seinen Blick nicht von dem Tattoo abwenden.

Ihre Gesichtsfarbe wurde noch roter. „Hey, du kannst jetzt aufhören, meine Brüste so anzustarren", sagte sie. Sie wölbte sich, in dem Versuch, sich von ihm zu befreien.

Mit einer Hand behielt er ihre Handgelenke umklammert, während er mit dem Zeigefinger der anderen Hand auf das kleine Tattoo zeigte. „Dieses Tattoo, wann haben Sie sich das stechen lassen?"

Sie hörte mit dem Zappeln auf. „Mit achtzehn. In dem Jahr, in dem meine Eltern gestorben sind."

Für einen Augenblick herrschte Stille. Ihre Worte hingen in der Luft, als wussten sie nicht, wo sie sich zuordnen sollten. Dann brach alles um Duke zusammen.

Wütend blickte er auf sie hinab. „Wer zum Teufel bist du?"

Ihre Augen weiteten sich. „Was meinst du? Ich bin Lena Love. Wer sollte ich sonst sein?" Angel war nicht entgangen, dass er sie gerade zum ersten Mal geduzt hatte. Ihre Augen konzentrierten sich auf einen Punkt hinter seinem Kopf. Sie konnte ihm bei ihrer Lüge nicht in die Augen sehen.

„Gestern Abend in der Bar hat Lena Love sich vor mir entblößt. Sie hatte kein Tattoo auf ihrer Brust. Du hast das allerdings schon."

Sie spannte ihren Kiefer an. „Runter von mir! Sofort!"

Duke schüttelte den Kopf. „Zuerst sagst du mir, was zum Teufel hier gespielt wird."

ANGEL KONNTE AN seinen verdunkelten Augen sehen, dass er keine weiteren Lügen akzeptieren würde.

„Ich bin Lena Love und ich befehle dir, mich loszulassen."

Er schüttelte den Kopf. „Nein. Versuch es nochmal, Süße."

Sie versuchte, ihre Hände freizubekommen und gab schließlich mit einem dramatischen Seufzer auf. „Fein. Lass mich hoch; dann erzähle ich dir alles."

Er ließ nicht sofort von ihr ab. Stattdessen musterte er sie für eine lange Zeit, bevor er sie abrupt losließ und aufstand.

Angel bedeckte ihre Brüste mit den Händen. Sie war erleichtert, dass sie wenigstens ein Höschen trug. Obwohl sie alles Wichtige bedeckt hielt, fühlte sie sich unter seinem prüfenden Blick entblößt.

Er streckte eine Hand aus.

Angel ignorierte diese, rollte zur Seite und stand auf. Sie wandte ihm den Rücken zu und ging zum Kleiderschrank. Dort griff sie nach einem Kimono mit Leoparden-Muster, zog eine Grimasse, warf es auf den Boden und fand ein schlichtes T-Shirt. Sie streifte es sicher über den Kopf und wandte sich wieder ihrem Bodyguard zu, um ihn zu beruhigen.

„Komm mit." Sie führte ihn ins Badezimmer mit den leuchtend weißen Fliesen, den blitzeblanken Chromapparaturen und der gedämpften Beleuchtung.

Sie machte erst die Tür zu, bevor sie das Wasser der Dusche aufdrehte. „Falls jemand unsere Unterhaltung aufzeichnet und mithört", erklärte sie, obwohl er keine Erklärung verlangte. Nervös zupfte sie am Saum ihres T-Shirts und bemerkte zu spät, dass ihre harten Nippel sich unter dem Stoff abzeichneten.

„Rede", befahl Duke.

„Das werde ich, das werde ich. Bleib locker." Sie wandte ihm den Rücken zu und schob sich die Haare aus dem Gesicht. „Letzte Nacht war Lena in einer Bar. Sie hat zu viel getrunken und Dinge getan, die sie sonst nicht tun würde." Jedenfalls hoffte Angel, dass sie im nüchternen Zustand niemandem ihre Brüste zeigen würde. Lena war wahnsinnig. So wahnsinnig, dass sie kurz davor stand, sich ihre Karriere zu ruinieren. „Wir fanden sie bewusstlos in der Toilette – mit einer Nachricht auf ihrem Gesicht."

„Wie lautete die Nachricht?"

„*Schlampe. Dafür wirst du bezahlen.*"

Duke schüttelte den Kopf. „Und du hast niemals auch nur eine Sekunde daran gedacht, dass diese Information für deinen Bodyguard vielleicht von Bedeutung sein könnte?"

„Wahrscheinlich hätte die Information hilfreich sein können …", sagte Angel kleinlaut.

„Wer bist du?"

„Ich bin Lenas Stunt-Frau und ihr Double."

Duke schnippte ungeduldig mit den Fingern. „Verfügst du über einen eigenen Namen?"

„Angel Carson."

„Hintergrund."

„Zuvor war ich im Militär. Jetzt bin ich Vollzeit als Stunt-Frau tätig."

„Welcher Zweig?"

„Army Rangers."

„Wirklich?" Mit offenem Mund starrte er sie an. Duke hatte das Gefühl, sie zum ersten Mal zu betrachten. „Nicht viele Frauen schaffen es durch die Ausbildung zum Ranger."

„Ist mir bewusst. Ich war im zweiten Jahrgang, nachdem endlich Frauen für die Ausbildung zugelassen wurden."

„Warum hast du den aktiven Dienst verlassen?"

„Nicht, weil ich das wollte." Sie wandte den Blick ab. „Schädel-Hirn-Trauma." Sie tippte sich mit dem Finger gegen die Schläfe. „Mein Team wurde von einer Explosion überrascht. Ich überlebte zwar, aber mein Gehirn wurde dabei zu Matsch verarbeitet. Der medizinische Vorstand hat entschieden, dass ich dem Militär nicht länger nützlich sein kann."

„Und du warst der Meinung, dass du als Stunt-Frau deinem Hirn auf die Sprünge helfen könntest?"

Angel zuckte mit den Achseln. „Was hätte ich sonst mit meinen Fähigkeiten anfangen sollen? Ich wurde dazu ausgebildet, mich beladen mit einer Waffe in gefährliche Situationen zu stürzen."

„Woher wussten sie, dass es sich um ein Schädel-Hirn-Trauma handelt?"

Sie schnaubte. „Ich lag eine Woche im Koma. Als ich aufwachte, litt ich unter temporärer und situationsbedingter Amnesie. Ich konnte mich kaum an die Attacke erinnern."

„Das ist normal. Das Gehirn schützt uns davor, das Trauma erneut zu durchleben."

„Vor allem konnte es mich nicht beschützen. Ich hatte furchtbare Albträume, konnte mich nach dem Aufwachen aber nicht erinnern, was ich geträumt habe. Zu Beginn war mein Geschmackssinn total daneben, mir wurde ständig schlecht und ich litt unter starken Kopfschmerzen. Gott sei Dank verschwanden die Symptome mit der Zeit."

„Es tut mir leid, was du durchmachen musstest."

„Mir tut es leid, dass ich mein Team, meine Familie und alles, was mir wichtig war, verloren habe." Sie zuckte mit den Achseln. Drei Jahre waren seither vergangen.

„Wie bist du Stunt-Frau geworden?"

Ein schwaches Lächeln zeigte sich. „Ich bin der Beweis, dass in Hollywood wirklich alles möglich ist. Ein Agent hat mich in einer Autowerkstatt entdeckt. Der Rest ist, wie man so schön sagt, Geschichte."

„Wo ist die echte Lena Love?"

„Phillip hat sie in eine Entzugsklinik eingewiesen. Während sie sich entgiften lässt, bin ich der Köder für ihren Stalker." Sie atmete tief ein. Angel war froh, dass sie sich endlich alles von ihrem Herzen reden konnte. „Ich war noch nie eine gute Lügnerin. Ich bin froh, dass du es jetzt weißt. Du darfst es aber niemandem erzählen. Um Lena die Privatsphäre zu geben, die sie braucht, muss ich als Hollywood-Diva überzeugend sein." Sie grinste ihn schelmisch an. „Und, wie überzeugend war ich?"

Duke lachte. „Am Anfang sehr beeindruckend. Aber ich hatte schon zu Beginn das Gefühl, dass du nicht dieselbe Frau von gestern sein konntest. Lena Love hätte mich niemals vor dem Ertrinken gerettet. Vielmehr hätte sie mich ertrinken lassen und noch gefragt, warum ich den Notruf nicht selbst wählen kann."

Nickend erwiderte Angel sein breites Grinsen. „Da hast du wahrscheinlich recht."

„Jetzt weiß ich, dass du nicht Lena bist. Was wird jetzt passieren?"

„Nichts", sagte Angel. „Ich werde zwei Wochen bleiben, die Angestellten in den Wahnsinn treiben und dafür sorgen, dass alle, mit denen ich in Kontakt trete, mich für eine arrogante Diva halten."

„Es gefällt mir nicht, dass du dich für sie in Gefahr bringst. Die Kugel, die deinen Martini getroffen hat, hätte auch dich treffen können."

Sie nickte. Der Gedanke war ihr leider auch schon gekommen.

„Wer hasst Lena so sehr, dass er versuchen würde, sie umzubringen?"

„Die richtige Frage ist: Wer hasst Lena nicht?" Angel seufzte. „Es gibt zu viele, die sie in ihrer bisherigen Laufbahn zur Weißglut gebracht hat."

„Gibt es Schauspielerinnen, die mit ihr um dieselbe Rolle buhlen?"

„Sie hat die Chance auf eine Hauptrolle in einem bedeutenden Film. Phillip ist deswegen ganz aus dem Häuschen und wartet sehnsüchtig auf den Anruf."

„Wer steht sonst noch für die Rolle zur Wahl?"

„Das musst du Phillip fragen. Er weiß genau, wer gerade angesagt ist und für die Rolle in Frage käme." Angel seufzte. „Ich bin nur die Stunt-Frau. Ich bin nicht wirklich von Bedeutung."

„Abgesehen von dem kleinen Detail, dass du Lena zum Verwechseln ähnlich siehst. Der Grund, warum du dazu benutzt wirst, einen potentiellen Mörder aus seinem Versteck zu locken." Duke zog die Augenbrauen zusammen. „Wir müssen diese Person finden, bevor sie erfolgreich Hollywood um ein Talent beraubt."

„Wir wissen nicht, ob er Lena wirklich töten will." Angel setzte sich auf den Rand der Badewanne und zog an dem Saum ihres zu kurz geratenen T-Shirts.

„Na ja, die Kugel in deinem Martini-Glas sagt

mir etwas Anderes. Er spielt ein gefährliches Spiel, das wir gewinnen sollten. Wenn wir ihn aus seinem Versteck locken wollen, müssen wir die Spielregeln ändern."

Angel runzelte die Stirn. „An was denkst du?"

„Schon mal in Montana zelten gewesen?"

Angels Augenbrauen schossen beinahe bis zu ihrem Haaransatz. „Nein. Klingt kalt und unbequem."

„Wenn wir in diesem Haus bleiben, sterben wir noch an Altersschwäche. Wenn wir ihn in die Berge locken, können wir den Spieß umdrehen. Der Jäger wird zum Gejagten."

Ein Lächeln zeigte sich auf Angels Gesicht. „Es gefällt mir, wie du denkst."

„Ist das so?" Er legte einen Finger unter ihr Kinn. Er wartete, bis sie ihm direkt in die Augen sah, bevor er sagte: „Und mir gefällt, dass deine Nippel versuchen, durch das Material des T-Shirts zu stoßen. Du solltest ins Bett gehen und etwas schlafen. Morgen machen wir uns auf in die Berge."

Sie blinzelte. „Hey! Du solltest nicht so offen-sichtlich in deinen Beobachtungen sein. Das gehört sich nicht."

Er grinste sie an. „Wir haben doch bereits festgestellt, dass ich kein Gentleman bin."

Angel kräuselte die Nase. „Deine Mutter wäre so stolz."

„Lass meine Mutter da raus."

Angel stand auf und pikste ihm mit dem Zeigefinger gegen die Brust. „Lass meine Nippel aus der Sache raus." Mit der Brust vorweg und einem erhobenen Kinn verließ sie das Badezimmer und lief zu der Tür, die zum Flur führte. Während ihre rechte Hand die Türklinke locker umspannte und sich die Tür allmählich öffnete, sagte sie: „Gute Nacht, Herr Bodyguard."

„Gute Nacht … Miss Love." Als er an ihr vorbeiging, blieb er kurz stehen. Er lehnte sich vor, hob eine Hand an ihren Hinterkopf und hauchte an ihren Lippen: „Angel passt viel besser zu dir."

Ihr Körper erschauerte. „Nur damit du es weißt: Meine Kameraden nannten mich immer Engel des Todes." Sie warf ihm einen herausfordernden Blick zu.

„Das überrascht mich nicht. Ansonsten wärst du heute nicht hier."

Angel runzelte die Stirn.

Duke schüttelte den Kopf. „Das war als Kompliment gemeint." Seine Hand lag noch immer auf ihrem Hinterkopf. Er nutzte die Chance und senkte seine Lippen für einen sanften Kuss auf die ihren. Als er ihr den Mund wieder entriss, schenkte er ihr sein sexy Lächeln, das ihre Beine in Wackelpudding verwandelte. „Oh, damit du es weißt", sagte er mit rauer Stimme, „heute Nacht übernachte ich in deinem Zimmer."

Sie hatte sich ihm während des Kusses entgegengelehnt; ihr ganzer Körper verhielt sich zu seinem wie die Motte zum Licht. Dann kamen seine Worte schließlich in ihrem Gehirn an. Ruckartig ging sie auf Abstand. „Auf keinen Fall!"

Er tätschelte ihre Wange wie das ein Elternteil bei einem Kind tun würde. „Gewöhn dich dran. Wir werden in den nächsten Tagen sehr viel Zeit zusammen verbringen. Je nachdem, wie lange es dauert, den Stalker festzusetzen."

Ihr Herz hämmerte gegen ihren Brustkorb. Ihre Handflächen waren feucht. Genau wie der Ort zwischen ihren Beinen. Wie sollte sie diesem Mann widerstehen, wenn er darauf bestand, nicht von ihrer Seite zu weichen? Tag und Nacht würde er bei ihr sein. Eine normale Frau, die seit über einem Jahr keinen Sex mehr hatte, konnte sich nicht ewig beherrschen. Bald würde sie den Kampf aufgeben und ihn anflehen, sie zu nehmen. Daran zweifelte sie nicht eine Sekunde.

KAPITEL 7

DUKE LAG AUF der Chaiselongue in Lena Loves Zimmer. Er versuchte verzweifelt, nicht an das Tattoo auf Angels Brust zu denken und die Tatsache, dass sie nicht einmal seine Klientin war. Die Betonung lag auf *versuchte.*

Lena war seine Klientin. Was bedeutete, dass in diesem Fall seine Regel zwischen Klient und Bodyguard nicht zutraf. Warum ihn das so verdammt glücklich machte, wusste er nicht.

Er sollte auch Angel als tabu einstufen. Sie war nicht sein Typ. Nichts an ihr kam seinem altmodischen Bild einer Frau gleich. Sie war so ganz anders als seine Mutter – wie Tag und Nacht.

Seine Mutter war eine Hausfrau gewesen. Sie hatte ihre Söhne aufgezogen, mit den Hausaufgaben geholfen, genäht, gekocht, sauber gemacht und das Leben ihrer Jungs mit ihrer liebevollen und mütterlichen Art bereichert.

Trotz ihres Namens machte Angel nicht den Anschein, dass sie eine Frau war, die Vorhänge nähte, Zwiebeln sautierte und einen Sauerbraten machen konnte, bei dem ihm das Fleisch im Mund zerfiel. Sie war schlagfertig und wusste, wie man jemandem mit dem Knie in die Weichteile trat, bevor eine Situation unangenehm werden konnte. Bei der Army Ranger-Ausbildung hatte sie bewiesen, wie viel Potential in ihr steckte. Noch nie hatte er eine Frau getroffen, die selbst in größter Gefahr und unter Beschuss funktionierte. Die meisten seiner bisherigen Bekanntschaften wären hysterisch geworden.

Wahrscheinlich wusste sie noch nicht einmal den Unterschied zwischen einer Pfanne und einem Topf. Einen Sauerbraten zubereiten? Eher unwahrscheinlich.

Wenn er ihr aber ein Gewehr in die Hand drücken würde – in dem Punkt war er sich sicher – könnte sie es in weniger als einer Minute auseinander und wieder zusammenbauen. Duke würde seine liebste Neunmillimeter darauf verwetten, dass sie eine vortreffliche Schützin war. Die Army Rangers ließen nur die Besten der Besten durch die harte Ausbildung. Niemals würden sie mit Frauen nachsichtiger umgehen. Ganz im Gegenteil. Es war wahrscheinlicher, dass Frauen sich in den Rängen der Männer noch härter beweisen mussten.

„Schläfst du?", erklang ihre Stimme in der Dunkelheit.

„Nein", antwortete er.

„Ich habe viele Nächte auf dieser Lounge verbracht. Sie ist nicht gerade bequem."

„Nein, das ist sie nicht." Er rollte auf den Rücken und wäre fast von dem schmalen Möbelstück gefallen.

Eine lange Pause dehnte sich zwischen Angel und Duke aus.

„Es ist doch dämlich, dass du auf dem Teil schlafen willst, wenn es ein Bett gibt, das für zwei Leute gedacht ist. Wir würden uns nicht einmal berühren."

In dem Punkt lag sie falsch, dachte er. Wenn Duke in dem Bett liegen würde, könnte er nicht widerstehen: Er würde sie berühren wollen. „Ich schlafe hier."

Stille folgte.

„Ich meine es ernst. Du solltest dich auf die leere Seite legen. Es könnte sein, dass wir in den nächsten Tagen nicht viel Schlaf bekommen. Wenn du also auch heute Nacht nicht schlafen kannst, bekomme ich ein schlechtes Gewissen."

„Eine Idee meinerseits: Wenn du aufhörst zu reden, könnte ich vielleicht schlafen", sagte er trocken.

Sie schnaubte. „Fein. Dann sieh zu, wie du

klarkommst. Nochmal werde ich dich nicht bemitleiden."

„Das hat dir sicher körperliche Schmerzen bereitet."

„So ist es."

„Verdammt, Weib. Wenn ich mich zu dir ins Bett lege, werde ich mich nicht kontrollieren können und dich sicherlich berühren." Jetzt war es raus und kein Geheimnis mehr.

„Ich meinte doch gerade, dass wir uns ja nicht berühren müssten." Stille. „Könnten wir aber. Wenn wir das beide wollten", flüsterte sie in die Schatten.

„Sag das nicht, wenn du es nicht wirklich willst. Wenn ich den Honig erst gekostet habe, werde ich den Bienenstock nie wieder verlassen wollen."

Angel platzte ein Lachen heraus. „Hast du meine weiblichen Geschlechtsteile gerade mit einem Bienenstock verglichen?"

Ein Lächeln glitt über Dukes Lippen. „Oh ja." Er stand auf und durchquerte den Raum zu dem Bett. Lenas Bett mit der lächerlichen, rosafarbenen Bettwäsche.

Kichernd schüttelte sie den Kopf. „Tut mir leid, aber ich habe noch nie etwas unromantischeres gehört."

„Mach Platz", sagte er.

Sie rutschte ein Stück, um ihm ein wenig Raum auf der Matratze zu geben.

„Wie klingt das?" Er legte sich auf seine Seite und stützte seinen Kopf auf einer Hand ab. „Deine Lippen sind so weich wie der Bauch meines Hundes."

„Ähm, nein." Sie betrachtete sein vom Mondlicht erleuchtetes Gesicht.

„Nein?" Er schob eine entflohene Haarsträhne hinter ihr Ohr. „Ich habe meinen Hund sehr geliebt."

„Du musst dich schon etwas mehr anstrengen, wenn du heute Nacht in diesem Bett verbringen willst."

„Hmm, ich weiß genau, was ich sagen muss."

Sie schüttelte den Kopf. „Ich habe ein bisschen Angst, dich zu fragen, an was du gerade denkst. Okay. Raus damit: Was würdest du sagen?"

„Als ich dich heute Morgen sah, hatte ich sofort das Gefühl, dass etwas anders war. Obwohl du Lena zum Verwechseln ähnlich siehst, unterscheidet ihr euch in vielerlei Hinsicht. Zunächst konnte ich das komische Gefühl nicht konkretisieren. Dann hast du mich aus dem Pool gerettet und im tiefsten Inneren meines Herzens wusste ich, dass etwas nicht stimmen konnte: Für Lena zählt nur Lena. Du allerdings sorgst dich um deine Mitmenschen." Er legte seine Handfläche auf ihr wild pochendes Herz. „Du hast ein Herz. Sonst hättest du mich nicht vorm Ertrinken gerettet; sonst hättest du nicht zugestimmt, den Köder zu spielen."

„Was habe ich denn sonst schon im Leben?", flüsterte sie so leise, dass es Duke kaum hören konnte. „Ich bin nicht verheiratet. Ich habe keine Kinder. Ich habe noch nicht einmal eine beeindruckende Karriere vorzuweisen."

„Du hast noch dein ganzes Leben, um es so zu gestalten, wie du möchtest. Du verdienst es, glücklich zu sein."

„Es ist nicht das Gleiche, wenn du niemanden hast, mit dem du dein Leben, deine Träume und Wünsche, oder deine Ängste teilen kannst." Sie berührte ihn an seiner nackten Brust.

„Du musst aufhören, Lenas Leben zu leben und endlich deine eigenen Träume verfolgen."

Sie umfasste seine Wange. „Das war ziemlich romantisch", hauchte sie. Sie rückte näher und presste ihre Lippen auf eine dunkle, männliche Brustwarze. „Ich denke, du hast Potential."

„Potential für was?"

„Na ja, nicht als Gentleman. Allerdings habe ich nie gesagt, dass ich gerne einen Gentleman hätte. Eigentlich mag ich meine Männer schroff und rustikal."

Er schob sich über sie und knabberte an ihrem Ohrläppchen. „Das kann ich sein." Dann biss er etwas härter zu.

„Autsch." Sie hob die Hand zu ihrem Ohr und lachte. „Trotzdem sollte er auch sanft sein, wenn es die Situation verlangt."

Er fuhr mit der Hand über ihren Arm und zu ihrer Hüfte. „Wie mache ich mich?"

„Ich weiß nicht. Im Moment ist einfach zu viel Material zwischen uns. Schließlich will ich dir zeigen, was diese Lady mit deinem Potential anstellen kann."

„Zu viel Material, ja?"

Sie schob eine Hand in seine Boxershorts und ließ das Gummi gegen seine Haut schnappen. „Verstehst du jetzt, Cowboy?"

„Ich denke schon. Ich bin vielleicht ein Brummbär, aber ich lerne schnell." Er schob ihr das T-Shirt über den Kopf und warf es auf den Boden."

Sie half ihm dabei, sich seiner Boxershorts zu entledigen. Währenddessen ließ sie es sich nicht nehmen, mit den Fingern über die Haut an seinen Beinen zu fahren und seinen Arsch zu packen. Er brannte für sie. Dieser langsame Kennenlern-Tanz gewann an Tempo. Er sehnte sich danach, ihre feuchten Wände um seinen Schwanz zu spüren. Zuerst würde er jedoch dafür sorgen, dass sie jenen Level an Wahnsinn erreichte, zu dem sie ihn getrieben hatte.

Mit einem Finger folgte er ihrem Kiefer, über ihren eleganten Hals. Tiefer und tiefer, bis er ihre Brüste erreichte. Dort pausierte er, kniff in einen aufgerichteten Nippel und umkreiste das Tattoo. „Was bedeutet das Tattoo für dich?"

„Es beschreibt die Art von Liebe, die zwei

Menschen für den Rest des Lebens zusammen-
bringt. Die Art von Liebe, die meine Eltern
erfahren durften."

„Das ist wunderschön." Er platzierte einen
Kuss auf ihren Nippel und schnellte mit der
Zunge über die köstliche Knospe. „Genau
wie du."

Sie schnappte nach Luft. „Wow. Jetzt verstehst
du, was ich meinte."

„Ich sagte ja, dass ich schnell dazu lerne.
Inspiration ist alles, was ich brauche." Mit der
Zunge umkreiste er ihren Nippel, bevor er ihn
zwischen seine Lippen nahm und daran saugte.

Langsam aber sicher verlor er sich in ihr. Er
hatte kein Interesse daran, jemals wieder aus dem
Labyrinth ihrer Reize herauszufinden – auch
nicht nach Ablauf der zwei Wochen oder
nachdem der Stalker gefasst wurde.

Duke wollte Montana nicht so schnell wieder
verlassen. Das Leben in L.A. interessierte ihn
nicht mehr. Er und Angel hatten sich gerade erst
kennengelernt: Sollte er jetzt schon von einer
gemeinsamen Zukunft träumen? Das war doch
wahnsinnig!

Warum dachte er dann daran, dass er niemals
genug von dieser Frau bekommen würde?
Einmal Sex mit ihr würde nicht ausreichen. Doch
das bedeutete, dass er sich eine Zukunft mit ihr
vorstellte, die nicht passieren konnte.

. . .

ANGEL SCHLOSS IHRE Augen und versuchte zu vergessen, dass sie mit Duke in Lenas Schlafzimmer war. Stattdessen stellte sie sich vor, mitten im Ozean auf einer tropischen Insel zu sein. Weit weg von all dem, was ihr diesen Moment ruinieren könnte. Sie fuhr mit der Hand von seiner Schulter über seine Brust. „Was ist mit dir?"

Seine Lippen pressten einen kleinen Kuss auf ihre Nase, bevor er ihren Mund für sich vereinnahmte. Sie hatte das Gefühl, dass er ihre Seele gefunden hatte. Sie bekam kaum Luft und wollte dennoch so viel mehr.

„Was ist mit mir?", fragte er. Seine Finger federten über ihre Hüfte und fanden den Weg zu ihrem Venushügel, der nur bedeckt von wenigen Haaren auf Duke wartete.

„Wie bist du …" – die Worte blieben ihr weg, als er ihre Schamlippen teilte und über ihre Klitoris schnellte – „… zur Delta Force gekommen?" *Erfolg.* Sie hatte den Satz über die Lippen gebracht. Jetzt konnte sie sich wieder aufs Atmen konzentrieren.

Wieder rieb er mit dem Daumen über ihre Klitoris und ihr Körper spannte sich an. Ihre Lungen, ihr Geschlecht und ihre Sinne. Sie konnte nur an das denken, was er dort unten mit ihr anstellte.

„Ich liebe mein Land. Ich mag es, herausgefordert zu werden und bei der Delta Force wurde mir gegeben, was ich brauchte."

„Wurdest du auch aus medizinischen Gründen aus dem aktiven Dienst genommen?" Er fand den richtigen Punkt und sie schnappte nach Luft. „Oh ja! Genau dort. Jaaa!" Sie wölbte sich ihm entgegen. Dukes Hand folgte ihr. Er bedeckte ihr Geschlecht, bis sie sich wieder beruhigte. Dann machte er sich wieder an die Aufgabe, das empfindliche Nervenbündel in Aufregung zu versetzen.

„Ja", antwortete er.

„Bein?" Sie schaffte es, das eine Wort durch ihre Lippen zu pressen, bevor sie von einer Welle der Lust mitgerissen wurde. Angel zog die Knie an ihre Brust und spreizte ihre Beine weit auseinander.

„Bein."

„Hindert es dich daran ..." *Gott*, wieder schnellte er über ihre Klitoris. Sie stand so kurz vor einem vernichtenden Orgasmus, dass sie die Frage nicht beenden konnte. *Zur Hölle nochmal*, sie konnte sich nicht einmal daran erinnern, was sie fragen wollte.

„... Sex mit dir zu haben?" Er lachte. „Auf keinen Fall."

„Gut. Sehr gut. Denn ich will dich so sehr."

„Zeig mir, wie sehr du mich willst." Er schob sich zwischen ihre Beine und küsste sich einen

Pfad von ihren Brüsten bis zu dem Ort zwischen ihren Schenkeln, der bereits so empfindlich war, dass sie Angst hatte, bei der kleinsten Berührung zu explodieren. Schließlich setzte er seine Zunge ein und es geschah, was geschehen musste: Angel wurde von Empfindungen überwältigt, die ihr sämtliche Orientierung im Raum nahmen. Oben, unten, rechts, links – nichts davon war wichtig. Sie ritt die Welle, rieb ihr Geschlecht an seinem Mund und krallte sich dabei an seinen Haaren fest.

Als sie wieder zu Bewusstsein kam, zog sie bestimmend an seinen Haaren. „Ich will dich in mir spüren. Sofort. Beeil dich."

Er erklomm ihren Körper, presste seinen Schwanz gegen ihren Eingang und hielt inne.

„Heilige Mutter Gottes, Duke!", schrie sie verzweifelt. „Warum stoppst du denn ausgerechnet jetzt?"

Er grinste, doch auch Duke konnte man ansehen, wie sehr es ihm nach Angel verlangte.

„Verhütung?"

„Scheiße!" Sie schlug mit der Faust gegen die Matratze. Sie konnten doch jetzt nicht aufhören! Und dann kam ihr Lena in den Sinn. „Sie muss Kondome gebunkert haben. Sieh im Nachttisch nach." Duke lehnte sich zur Seite, öffnete die kleine Schublade und lachte. „Du hattest recht. Sie hat einfach alles. Einen Jahresvorrat an Kondomen, Gleitgel und sogar eine beeindruckende Kollektion an Peitschen."

„Du redest zu viel", sagte Angel. „Bin ich hier die Einzige, die total geil ist?"

Er nahm sich ein Kondom und sein Grinsen wurde noch breiter. „Wir sind aber heute ungeduldig, hmm?"

„Fick dich!" Sie riss ihm die kleine, viereckige Packung aus der Hand, öffnete sie ungeduldig und rollte ihm das Kondom über seine steinharte Länge. „Und jetzt fick *mich*! Mein Orgasmus soll niemals enden!"

„Mmm." Er lehnte sich vor, bedeckte ihren Mund mit dem seinen und saugte ihre Unterlippe zwischen seine Zähne. Behutsam knabberte er daran und sagte dann: „Du machst mich so scharf, wenn du wie ein alter Matrose fluchst."

„Wie ein Ranger. Nicht verwechseln." Sie gab ihm einen Klaps auf den Hintern. Sie hatte genug von dem Kaffeeklatsch und wollte, dass er sie endlich fickte.

Zum zweiten Mal positionierte er sich an ihrem Eingang und tauchte behutsam ein. Die Muskeln ihres Geschlechts zogen sich zusammen, als würden sie ihn hineinsaugen wollen. Angel war am Ende ihrer Geduld. Sie hatte das Gefühl, vor einer massiven Explosion zu stehen. Sie packte seine Pobacken und zwang ihn dazu, dass er zustieß. „Oh, Gott. Schon viel besser."

Duke zog sich zurück. Die langsame Bewegung kam einer Folter gleich.

Angel wickelte ihre Beine um seine Hüfte und

trieb ihn mit den Fersen an. Sie wollte ihn so verzweifelt in sich spüren. Sie wollte, dass er sie wieder ausfüllte und sie fickte, als würde es keinen Morgen geben.

Schließlich schien Duke zu verstehen, nach was sie sich sehnte: Er bewegte sich. Rein und raus glitt er, zog das Tempo mit jedem Stoß an, bis er sie hart nahm.

„Ja!", brüllte Angel.

Ihre Füße fielen von seinem Rücken und sie grub die Fersen in die Matratze. Während sie ihm bei jedem Stoß entgegenkam, erstarrte Duke plötzlich mit seinem Körper: Sein Kiefer spannte sich an und ein letztes Mal stieß er mit seiner unfassbaren Länge in ihre Nässe. Tief in ihr vergraben, hielt er schnaufend und befriedigt inne, während sie an ihren Wänden seine pulsierende Erlösung spüren konnte.

Angel folgte ihm. Ihr Geschlecht zog sich unaufhörlich um seine Länge zusammen und ihr Körper zuckte.

Eine Minute verging – vielleicht auch zwei –, bevor sich Duke neben sie rollte, ohne ihre intime Verbindung zu brechen.

Angel war am Ende. Nur langsam beruhigte sich ihr Herzschlag. „Wow", sagte sie, als sie endlich wieder ein Wort herausbekam.

„Das kann ich nur zurückgeben: Wow", erwiderte Duke zwischen heftigen Atemzügen. „Ich hätte nicht erwartet, dass Sex mit Lena Love meine Welt aus den Fugen reißen würde." Er zwinkerte Angel zu.

„Hey. Lena und ich? Zwei verschiedene Welten."

„Verdammt richtig! Du bist etwas Besonderes."

Sie schnaubte. „Bloß nicht vergessen."

„Ich wüsste nicht, wie ich das jemals vergessen sollte."

Er umfasste ihre Wange und sah ihr tief in die Augen. In diesem Augenblick setzte Angels Verstand wieder ein. Der Wahnsinns Orgasmus von eben war eine Sache. Das, was sie wirklich aus dem Konzept brachte, war die Art und Weise, wie er sie ansah.

Sie fühlte Schmetterlinge in ihrem Bauch. Ihr Herz sehnte sich nach ihm.

In diesen Mann könnte ich mich verlieben, dachte sie. Das hatte nicht länger etwas mit Lust zu tun. Dieses Gefühl reichte tiefer. *Liebe.*

KAPITEL 8

DUKE PACKTE EIN HEMD und eine Jeans in einen Rucksack und warf eine Handvoll Kondome aus dem Nachttisch hinein. Auch wenn sie keine Zeit haben würden, um in den Bergen Liebe zu machen: Man konnte nie vorbereitet genug sein.

„Sieh dir das an." Angel kam mit einem kleinen Laptop ins Zimmer und stellte ihn neben Dukes Rucksack ab. „Lena Love hat sich vor einer Woche von Myles Crain getrennt, nachdem die Presse in den Besitz von Trophäen-jagd-Bildern aus Afrika gekommen ist." Sie scrollte durch die Fotos eines attraktiven Mannes in Khaki-Hosen. Das erste Bild zeigte Myles Crain neben dem Kadaver eines Elefanten und das zweite – lächelnd – neben einer erlegten Giraffe. Der Hals des Tieres war so drapiert worden, das der gesamte Körper auf dem Foto zu sehen war. Das letzte Bild stellte die gesamte Grausamkeit zur Schau: Myles hielt die Mähne eines toten Löwen empor, damit sich das riesige Maul öffnete und die scharfen Zähne perfekt in Szene gesetzt werden konnten. Ein wehrloses Tier, das gegen ein Jagdgewehr keine Chance hatte.

„Wirklich reizend der Kerl", kommentierte Duke. „Genau der Typ, den ich mir für Lena vorstelle. Jemand, der es liebt, auf Tiere zu schießen."

„Das ist genau der Punkt. Sie wollte sich nicht von ihm trennen." Angel machte den Laptop zu. „Ich habe Phillip angerufen, um an die ganze Geschichte zu kommen. Er hat ihr gesagt, Myles zu verlassen. Myles bekam so viel schlechte Presse, dass es ihre Karriere bedrohte. Wenn sie ihn nicht verlassen hätte, wäre sie mit ihm untergegangen." Angel seufzte. „Sie hat ein Riesentheater aus der Trennung gemacht. Während eines TV-Interviews bei einer bekannten Talkshow hat sie mit ihm Schluss gemacht. Phillip meinte, dass Myles außer sich war. Myles hat ihn sogar angerufen und gedroht, Phillip umzubringen."

„Ein möglicher Verdächtiger in Märchenprinz-Verkleidung."

Sie zog die Augenbrauen zusammen. „Ich habe noch etwas herausgefunden, das die Idee mit den Bergen ruinieren könnte."

„Was? Liebt er es, auf Frauen zu schießen, die Martini-Gläser in der Hand halten?"

„Er ist besessen von Jagdspielen. Er gehört zu einem Verbund von Jägern, die Männer dafür bezahlen, um als menschliche Beute zu agieren."

„Wie Lasertag?" Dukes Magen zog sich zusammen. Angels Worte gefielen ihm ganz und gar nicht.

„Wie Lasertag auf Droge. Es wird in einem großen Stil betrieben. Das ‚Spielfeld' ist vierhundert Hektar groß. Die Jäger müssen die menschliche Beute aufspüren. Die Männer, die am längsten ‚überleben', werden gut bezahlt."

„Das bedeutet, er hat Erfahrung beim Auffinden von Tieren *und* Menschen." Duke breitete eine beeindruckende Waffenkollektion auf dem Bett aus. „Der Typ wird mir immer sympathischer." Er nahm ein Gewehr in die Hand, das nur für Militärzwecke gebraucht wurde. „Kennst du dich damit aus?"

Sie nahm ihm die Waffe ab, entriegelte den Magazinschacht, sah hinein und verriegelte ihn wieder. „Natürlich. Das ist eine M4A1 mit einer Magazinerweiterung. Die war in unserer Einheit ein fester Bestandteil. Sehr akkurat. Meine?"

Er nickte. „Und die hier auch." Duke gab ihr eine M9 Beretta – eine kleine Pistole mit einem Gürtelholster.

„Woher hast du die alle?"

„Ich habe die Lizenz, Waffen verdeckt tragen zu dürfen."

Sie schnaubte. „Das sind genug Waffen, um eine Einheit auszurüsten."

„Mein neuer Boss kennt die richtigen Leute."

Angel schüttelte den Kopf. „Wir haben es nur mit einem Mann zu tun."

„Und du weißt genau, wie viel Schaden *ein* Mann anrichten kann."

Sie stimmte mit einem Nicken zu. „Du hast recht." Sie warf einen Blick in seine Tasche. „Ich sehe die Magazine. Sehr gut."

Duke grinste. „Sonst wären die vielen Waffen ja auch sinnfrei."

„Wann wollen wir los?"

„In zehn Minuten. Ich habe mit dem Vorarbeiter über Jagdhütten auf der Ranch gesprochen."

„Dem Vorarbeiter?" Angel sah ihn verwirrt an.

„Nicht Brandt Lucas. Er war nur ein Vorzeigeschild."

„Wohl eher Lenas Fickfreund", murmelte Angel.

„Er ist fort. Er hat seine Sachen letzte Nacht gepackt und ist verschwunden."

Angel erschauerte. „Niemand wird ihn vermissen."

„Sorenson meinte, dass es ein paar Meilen von hier eine Jagdhütte gibt. Er hat mir die

Wegbeschreibung gegeben. Wir sollten nicht länger als zwei Stunden brauchen."

„Meine Tasche ist fertig. Wir können los. Ich gehe kurz in die Küche und packe ein paar Snacks, falls wir länger unterwegs sein sollten."

„Ich komme auch gleich. Geh nicht zu nah an die Fenster. Mach dich nicht zur Zielscheibe."

Sie schüttelte den Kopf. „Ich bin doch keine Anfängerin."

„Nein, aber du bist schon lange aus der Routine raus." Er packte ihren Arm, zog sie an sich und küsste ihre Lippen. „Sei einfach vorsichtig, okay? Tue mir den Gefallen."

Sie lächelte. „Okay. Aber nur, weil mir deine Waffen gefallen." Sie zwinkerte ihm zu, wirbelte herum und verließ den Raum.

Duke rief Hank Patterson an und ließ ihn wissen, was sie über Lenas Ex-Freund in Erfahrung bringen konnten. Zudem erzählte er ihm, was seit seiner Ankunft auf der Ranch passiert war.

„Es ist gut, dass sie dich hat. Wenigstens einer, der sicherstellt, dass ihr nichts passiert", sagte Hank. „Ein Glas aus der Hand geschossen zu bekommen, ist keine kleine Sache."

„Richtig. Na ja, ich habe einen Plan." Duke erzählte Hank, dass er den Stalker von dem Ranch Haus in die Berge locken wollte.

„Bist du dir sicher, dass du es so machen willst?", fragte Hank. „Ich kann meine anderen

Agenten von ihren Aufträgen abziehen und dir Verstärkung schicken. Dafür musst du mir lediglich einen Tag Zeit geben. Ich könnte mit dir gehen und die anderen könnten dazustoßen, sobald es ihnen möglich ist."

„Ich habe die Befürchtung, dass unser Stalker sich nicht zeigt, wenn ich mit einer ganzen Armee von Ex-Soldaten in die Berge marschiere." Er sah auf die Waffen, die er mit sich führen wollte. Das Wissen, dass Angel genauso gut mit einer Waffe umgehen konnte wie er, ließ ihn die nächsten Worte beruhigt aussprechen: „Ich bin mir sicher, dass ich das ohne Hilfe hinbekomme." Mit Lena würde er es nicht wagen; sie wäre eine Belastung. Auf Angel jedoch konnte er sich verlassen. Zusammen würden sie als Team agieren. Sie war ein Gewinn für den bevorstehenden Kampf.

„Mir gefällt die Idee nicht, dass du und Miss Love ohne Rückendeckung in die Berge aufbrechen wollt."

„Ich bin in Montana aufgewachsen. Ich kenne mich hier aus."

„Du vielleicht, aber was ist mit Miss Love?"

„Ich kümmere mich um sie." Und das würde er. Hank wusste nicht, dass ‚Lena' prima in der Lage war, auf sich allein aufzupassen.

Hank seufzte. „Na gut. Ich gebe dir zwei Tage. Dann folge ich dir."

„Okay", stimmte Duke zu. „Ich hoffe, dass

mein Plan schneller Erfolg haben wird. Ich will morgen wieder auf der Love Land Ranch sein."

„Ich bewundere, wie überzeugt du von deinem Plan bist. Ich hoffe nur, dass du dich nicht überschätzt."

„Zwei Tage, mehr verlange ich nicht."

„Geht klar. Viel Glück", sagte Hank und legte auf.

Duke warf das Handy auf das Bett und begutachtete die Magazine.

Sein Handy klingelte. In dem Meer aus Magazinen konnte er es nicht gleich ausmachen. Als er es fand, sah er aufs Display und nahm den Anruf entgegen. „Hey, Rider. Ihr müsst mich wahnsinnig vermissen."

„Überhaupt nicht. Wir sind einfach nur eifersüchtig, dass du den ganzen Spaß ohne uns hast."

Duke schnaubte. „Spaß ... ist klar."

Riders Ton wurde ernster. „Was ist los?"

„Man könnte sagen, dass ich euch im Moment wirklich gut gebrauchen könnte."

„Bist du mit der Schauspielerin etwa überfordert?"

„Ein irrer Psychopath ist hinter ihr her und er liebt es, seine Spielchen zu treiben. Gestern hat er auf sie geschossen. Ich bin mir ziemlich sicher, dass er mit Absicht danebengeschossen hat. Eine Warnung."

„Verdammt", sagte Rider. „Dann haben wir

uns wohl getäuscht. Bodyguard sein ist wohl doch kein Kinderspiel."

„Wem sagst du das. Dachte ich zuerst auch, bis es ganz schön eng und gefährlich wurde."

„Na ja, sag den Jungs nicht, dass ich die Überraschung gerade ausplaudere, aber Blaze, ich und ein paar andere Jungs packen unsere Fischausrüstung zusammen und steigen heute noch in ein Flugzeug."

„Wohin geht's?"

„Eagle Rock, Montana."

Eine Welle der Erleichterung überkam Duke. Falls alles den Bach heruntergehen sollte, hätte er seine Leute als Rückendeckung. „Wann seid ihr hier?"

„Zum Flughafen geht es in fünfzehn Minuten", sagte Rider. „Wir fliegen keine fünf Stunden. Denkst du, dass du der Gefahr aus dem Weg gehen kannst, bis wir landen?"

„Ich hoffe es. Meinem Boss habe ich erzählt, dass ich keine Hilfe brauche, aber man kann nie zu viele Deltas auf einer Mission dabei haben."

Rider lachte. „So ist es."

„Wir gehen in die Berge, um den Stalker aus seinem Versteck zu locken."

„Schicke uns die Koordinaten. Wir kommen."

„Roger." Zum erst Mal seit er Fort Hood in Texas den Rücken gekehrt hatte, fühlte er sich wieder lebendig. Er steckte mitten in einer Mission und hatte etwas, für das sich das

Kämpfen lohnte. „Ich hoffe wirklich, dass es mit euch an meiner Seite ein Kinderspiel wird und wir uns dann entspannt dem Fliegenfischen zuwenden können."

„Das hoffe ich auch." Rider war für einen Herzschlag still. „Pass auf dich auf, Bruder."

„Werde ich."

Wenn alles nach Plan lief, würden sie den Stalker in die Wälder locken, das Spiel herumdrehen und den Jäger zum Gejagten machen.

Ein Army Ranger und ein Delta Force-Soldat sollten zusammen in der Lage sein, das Arschloch herauszulocken und ihm einen Schluck von seiner eigenen Medizin trinken zu lassen. Bald würde das Sackgesicht nicht mehr jagen gehen.

Falls sein Plan in die Hose ging, konnte er sich auf seine Kameraden verlassen. Sie waren auf dem Weg und wollten schließlich Fliegenfischen lernen. Da war es nur gerecht, dass sie sich diese Stunden zuvor verdienten.

„ICH MUSS ZUGEBEN, dass ich mich mit der Schutzkleidung etwas besser fühle", sagte Angel so leise, dass es nur Duke hörte. Vor der Scheune richtete sie ihre kugelsichere Weste unter ihrer weiten Bluse, die sie in Lenas Kleiderschrank gefunden hatte. Sie sah sich um. „Welches Fahrzeug werden wir nehmen?"

In dem Moment kam Lyle, der den Titel des

Vorarbeiters jetzt auch offiziell innehatte, mit zwei Pferden aus der Scheune und drückte Duke die Zügel eines riesigen, schwarzen Pferdes in die Hand.

Als Lyle mit dem zweiten Pferd zu Angel ging, hob sie ihre Hände und schüttelte panisch mit dem Kopf. „Auf das Ding werde ich nicht aufsteigen."

„Warum nicht?"

Angel biss sich auf die Lippe: Sie wollte ihm sagen, dass ihr Vertrag keine Stunts mit Pferden beinhaltete. Allerdings wussten nur Duke und Phillip, dass sie nicht Lena war, und Lena liebte es zu reiten. *Verdammt.* „Ich fühle mich heute einfach nicht danach, auf ein Pferd zu steigen." Sie sah sich in der Umgebung um. „Haben wir keinen Geländewagen oder etwas in der Art?"

„Der Weg zur Hütte ist zu schmal für ein Fahrzeug. Ein Pferd ist flexibler", sagte Lyle. „Miss Love, es ist sicherer auf einem Pferd als in einem Geländefahrzeug. Außerdem ist Ihr letzter Ausritt mit Hollywood schon Wochen her."

Angel ging einen Schritt auf Hollywood zu und es tänzelte von ihr weg. Obwohl Menschen den Unterschied zwischen Lena und ihr nicht erkennen konnten, roch das Pferd, dass etwas nicht stimmte. Wahrscheinlich konnte es die Angst riechen, die aus jeder Pore ihres Körpers strömte.

Ohne weiteres Theater zu machen, biss sich

Angel auf die Zunge und stellte ihren Fuß in den Steigbügel.

Wieder tänzelte das Pferd.

Angel hielt sich mit beiden Händen am Sattel fest und hüpfte neben dem Pferd her.

„Keine Ahnung, was in das Pferd geraten ist." Lyle hielt die Zügel fest und versuchte, das Biest zu beruhigen. Angel nutzte die Chance, stieg auf, schwang ihr Bein über den Sattel und landete mit einem dumpfen Aufprall auf dem Rücken des Pferdes.

Heilige Scheiße! Ich werde sterben!

Sie zwang sich zu einem Lächeln und sagte: „Lass uns reiten!" Gerade ging es ihr am Arsch vorbei, ob ihre Stimme zitterte oder sie die Zügel falsch hielt! Vielmehr machte sie sich über ihren Schwur Gedanken, den sie soeben gebrochen hatte: Sie saß auf einem verdammten Pferd!

Ihre Beine spannten sich um den Bauch des Tieres an.

Lyle ließ die Zügel los und Hollywood tänzelte seitwärts.

Angel biss sich auf die Unterlippe, um nicht nach Hilfe zu schreien. Ihre Füße flatterten in den Steigbügeln. Unabsichtlich stieß sie dabei gegen die Flanken des Tieres und Hollywood machte einen Satz Richtung Gatter. Es hätte nicht viel gefehlt und Angel wäre aus dem Sattel gefallen.

Hollywood hielt an und wartete schnaubend,

bis Lyle das Tor öffnete. Der Vorarbeiter starrte das Pferd an und kratzte sich irritiert am Kopf. „Keine Ahnung, was mit Hollywood los ist … Normalerweise verhält er sich nicht so."

„Ich bin seit ein paar Tagen etwas neben der Spur. Vielleicht kann er das fühlen", sagte Angel zwischen zusammengepressten Zähnen. „Das wird schon. Wir sehen uns in ein paar Tagen." Sie hob die Hand kurz und winkte ihm zum Abschied zu.

„Genießt euren Aufenthalt in der Hütte. Ich war vor einer Woche erst oben und habe die Vorräte aufgefüllt. An Dosen und Feuerholz wird es euch nicht mangeln."

„Danke, Lyle", sagte Angel. Zu spät erinnerte sie sich daran, dass Lena nicht so nett wäre.

Duke ritt neben ihr. Sein Pferd war so nah, dass sein Bein gegen ihres streifte.

Diese kleine Berührung reichte bereits aus, um die Begierde in ihr zu entfachen.

„Bereit?", fragte er.

Oh ja. Sie war bereit, zurück in Lenas Schlafzimmer zu gehen und die Performance von letzter Nacht zu wiederholen. Sie seufzte. Leider hatten sie zuerst einen gefährlichen Job zu erledigen. Hoffentlich beobachtete sie der Stalker gerade und plante bereits, ihnen zu folgen. „Was muss, das muss", sagte sie. Angel war entschlossen: Sie wollte nur noch den Mistkerl außer Gefecht setzen, der Lena terrorisierte, und der sie bei einer Extrem-Schnitzeljagd zur Strecke bringen wollte.

Das würde Angel nicht erlauben. Sie und Duke würden den Spieß umdrehen. Mal sehen, wie es dem Sack gefiel, zur Abwechslung der Gejagte zu sein.

DUKE FOLGTE DER Wegbeschreibung von Lyle, zusammen mit dem GPS-Gerät, das er für den Notfall eingesteckt hatte.

Nachdem sie außer Sichtweite der Scheune waren, verlangsamte Duke sein Tempo für Angel, befestigte ein Führungsseil an Hollywoods Zaumzeug und führte das Pferd hinter seinem her.

„Du hast mir nicht gesagt, dass du nicht reiten kannst."

„Mir ist nicht in den Sinn gekommen, dass wir auf dem Pferd in die Berge reiten."

„Süße, wir sind auf einer Ranch ... mit Pferden und Rindern. Pferde sind ein fester Bestandteil, wenn du eine Ranch am Laufen halten willst."

„Und Geländewagen. Ich habe gehört, dass die Fahrzeuge jetzt oftmals die Pferde ersetzen." Sie schnippte im Lena-Stil mit ihren Fingern und zeigte ihr Temperament. „Passt euch der Zeit an, Cowboys!"

Er lachte. „Ich nehme an, dass das die Lena

war, die wir alle kennen und lieben."

Angel grinste. „Ich entwickelte gerade Spaß an der Rolle, als du mich auffliegen ließest."

Duke begab sich auf den engen Pfad, der in die Berge führte. Der Weg wurde enger und enger, die Abhänge auf der rechten Seite steiler.

Angel hielt sich mit aller Kraft am Sattelhorn fest. „Ich hoffe inständig, dass das Pferd weiß, was es tut."

„Pferde sind sehr trittsicher. Vergiss nur nicht, dass du im Sattel bleiben musst. Rausfallen wäre schlecht."

Sie schnaubte. „Du sagst das so einfach. Mein Pferd hat seinen eigenen Willen. Hollywood scheint mich auf seinem Rücken nicht zu wollen."

Hollywood wieherte zustimmend und schüttelte seine Mähne.

Angel nickte. „Sag ich ja."

Duke sah mit gerunzelter Stirn über seine Schulter. „Wenn du dich so unwohl fühlst, kannst du mit auf mein Pferd kommen."

„Nein, vielen Dank auch. Ich finde es sehr schön, dass ich meinen eigenen Sattel habe – inklusive eigener Steigbügel und eines Sattelhorns, an dem ich mich festkrallen kann."

IN DER FOLGENDEN Stunde ritten sie wortlos über Stock und Stein. Immer wieder warf Duke einen Blick auf Angel. Er machte sich

Sorgen. Sie waren noch nicht lange unterwegs und sein Arsch meldete sich bereits. Er konnte sich nur zu gut vorstellen, wie erschöpft Angel bei der Ankunft an der Hütte sein würde.

Um die Mittagszeit hielt er an dem Bach an, den Lyle erwähnt hatte. Duke stieg ab und streckte seine Arme aus, um Angel vom Pferd zu helfen. Sie schwang ein Bein über Hollywoods Rücken und ließ sich vertrauensvoll in Dukes Arme fallen.

Für einen Moment hielt er sie und erlaubte ihr, sich wieder an den Boden unter ihren Füßen zu gewöhnen. Na ja, und er liebte es einfach, sie in seinen Armen zu haben. Die Frau hatte sich seit dem Verlassen der Scheune nicht einmal beschwert. Sie war knallhart und für alles bereit. „Wie geht's dir?"

„Diese Frage beantworte ich dir, wenn wir bei der Hütte sind." Sie sah sich in der Umgebung um. „Momentan könnte ich ein ganzes Pferd verschlingen. Ich bin am Verhungern." Hollywood schnaubte seine Antwort und Angel streichelte ihm lachend über den Hals. „Ich denke, er fängt an, mich zu mögen."

Hollywood warf seinen Kopf zurück und tippelte von ihr weg.

„Okay, verstanden. Du kannst mich nicht leiden." Sie fand Dukes Blick. „Wenigstens hat er mich noch nicht den Abhang hinuntergeworfen und ist zurück zur Scheune gerannt. Das nenne ich Fortschritt."

Duke lachte und gab ihr einen Klaps auf den Hintern.

„Hey!" Sie rieb sich über ihr Hinterteil. „Warum produzieren die keine Sitzpolster für Sattel?"

„Weil sie keiner kaufen würde."

„Ich schon."

Mit einem breiten Lächeln auf dem Gesicht holte Duke Sandwiches aus einer Satteltasche und gab ihr eins.

Sie aß stehend und weigerte sich, sich in der Nähe auf einen Baumstamm zu setzen. „Denkst du, dass wir verfolgt werden?"

Duke schüttelte den Kopf. „Nein. Ich hoffe, dass er uns nicht zu nah auf den Fersen ist. Das wird uns die nötige Zeit geben, die Hütte zu erreichen und alles vorzubereiten."

Sie nickte. Kauend sah sie sich um. „Wirklich nett hier. Es würde mir aber mehr Spaß machen, wenn wir nicht auf einer Mission wären."

„Vielleicht können wir, wenn alles erledigt ist, hier Urlaub machen." Schon als die Worte seinen Mund verließen, merkte Duke, was er damit andeutete. Auch nach seinem Auftrag als Bodyguard von Lena wollte er Angel weiterhin treffen. Die Frage war nur: Bestand auch ihrerseits Interesse?

„Wirst du nach Ablauf der zwei Wochen wieder nach L.A. fliegen?", fragte er vorsichtig.

Angel schob sich den letzten Bissen in den Mund, klopfte sich die Krümel von den Händen und drehte sich zu ihrem Sattel. „Ich weiß es nicht. Keine Ahnung, wie viele Stunts mein Körper noch aushält." Sie lächelte ihn über ihre Schulter an. „Schließlich werde ich nicht jünger."

Duke stellte sich hinter sie, wickelte seine Arme um ihren Körper und zog sie an sich. „Mach dich nicht älter als du bist. Wie alt kannst du schon sein? Siebenundzwanzig vielleicht?"

„Wie gut du mich doch kennst. Ich bin neunundzwanzig. In drei Monaten werde ich dreißig."

„Hast du schon mal daran gedacht, in Montana zu bleiben?"

Sie lehnte ihren Hinterkopf gegen seine Schulter. „Um ehrlich zu sein: nein. Aber ich kann verstehen, warum es so vielen hier gefällt. Es ist wunderschön."

„Ja, das ist es." Er küsste ihre Schläfe. „Wunderschön …"

Das Knacken eines Astes war zu hören und Duke erstarrte.

Hollywood wieherte und warf seinen Kopf zurück.

Dukes Pferd antwortete ihm und riss an den Zügeln, die am Baum befestigt waren.

Duke schob Angel hinter sich und zog die Pistole aus dem Holster an der Hüfte. Auch Angel zog ihre Waffe heraus und näherte sich im Rückwärtsgang einem Baum. Mit der linken Hand krallte sie sich an Dukes Hemd fest und führte ihn mit sich.

„Sind wir paranoid?" Rücken an Rücken suchten sie die Gegend ab.

„Zum Teufel, nein." Mittlerweile vermutete Duke, dass seine Entscheidung nicht die richtige gewesen sein könnte. Hatte er Angel und sich unnötig in Gefahr gebracht, nur weil er dachte, den Stalker alleine bewältigen zu können?

Noch hatten sie eine Chance. Es machte nicht den Anschein, dass ihnen der Bastard unbemerkt zu nahe gekommen war. Sie brauchten ein besseres Sicht- und Schussfeld. Bis dahin waren sie im Nachteil.

Stille herrschte. Nur die Schweife der Pferde waren zu hören.

„Sollen wir weiter?"

Angel nickte. „Ja."

„Denkst du, dass du allein auf dein Pferd kommst?"

Sie biss sich auf die Unterlippe und hob dann entschlossen ihr Kinn. „Oh ja. Hollywood und ich haben eine Abmachung."

„Dann lass uns gehen. Ich will vor Sonnenuntergang bei der Hütte sein."

„Besser wäre es."

„Warte hier."

Angel beobachtete, wie Duke auf die Lichtung

lief, die Pferde losband und zu ihr zurückkam. Er warf die Zügel über Hollywoods Kopf und hielt ihn fest, als sich Angel aufschwang. Erst als sie sicher im Sattel saß, tat er es ihr gleich. „Lehn dich beim Reiten über den Hals des Pferdes. Auf diese Weise stellst du keine Zielscheibe für einen Angriff."

Sie nickte.

Er trieb sein Pferd in einen Galopp und ritt zum Pfad. Hollywood folgte mit leichtem Schritt. Angel hielt sich am Sattelhorn fest und lehnte sich schutzsuchend vor.

Nach der ersten Kurve verlangsamte Duke sein Tempo und machte sich an den Anstieg des schlängelnden Weges in die Berge.

Eine Stunde später erreichten sie die Hütte, stiegen von den Pferden ab und griffen nach ihren Taschen.

Angel schaffte es, ohne Hilfe vom Pferd zu kommen und führte Hollywood in einen kleinen Unterstand nicht weit von der Hütte entfernt.

In der Hütte nahm Duke die Dosen von den Regalen und gab sie zusammen mit einem Dosenöffner an Angel weiter. „Öffne sie zur Hälfte und leere den Inhalt."

Während sie das tat, hastete Duke mit einem Topf zum nächstgelegenen Bach. Dort schöpfte er kleine Steine vom Grund.

Zurück in der Hütte hatte Angel ihre Aufgabe abgeschlossen. Sie hatte sich bereits daran gemacht, mit einem Taschenmesser jeweils zwei Löcher in jede Dose zu bohren.

Sein Herz machte einen Salto. Er hatte Angel nicht sagen müssen, was er mit den Dosen vorhatte. Instinktiv wusste sie es.

Duke fädelte die Dosen an einer Angelschnur auf. In jede Dose füllte Angel ein paar Kieselsteine und bog die Deckel wieder zu.

Als sie fertig waren, trugen sie ihr Frühwarnsystem zehn Meter von der Hütte weg in den Wald. Dort duckten sie sich, lauschten und suchten die Umgebung ab.

Sicher, dass sie noch immer allein waren, befestigten sie die Leine mit den Dosen an den Bäumen – hoch genug, dass sich ein Fuß darin verfangen würde.

Sobald sie ihr selbstgemachtes Warnsystem im Umkreis befestigt hatten, kehrten sie zur Hütte zurück.

„Du weißt, dass wir nicht ewig hier bleiben können, oder?" Duke gab ihr ein Headset und legte sein eigenes an.

Sie tat es ihm gleich und tippte gegen das Mikro. „Ich weiß."

Durch die Kopfhörer konnte er ihre Stimme laut und deutlich hören. Das gab ihm ein Gefühl von Sicherheit. Es schmerzte ihn, wenn er nur eine Sekunde daran dachte, sich von Angel zu trennen und auf der gegenüberliegenden Seite der Lichtung Stellung zunehmen.

Er flüsterte ins Mikro: „In den Wäldern gibt es Wölfe und Bären."

Angel nickte und bewies damit, dass sie ihn durch die Kopfhörer hören konnte. Dann tätschelte sie kurz ihre Pistole an ihrer Hüfte und hob ihr M4A1-Gewehr auf. „Das wird schon. Unsere Konstruktion wird uns frühzeitig über Kreaturen mit zwei oder mehr Beinen in Kenntnis setzen."

Er hob die Hand für ein High-Five. „Dann lass uns loslegen." Als sie einschlug, schloss er seine Finger um ihre Hand und zog sie an sich. „Spiele nicht den Helden und pass auf dich auf. Es kommt nicht oft vor, dass ich eine Frau finde, die meine Sprache spricht und zudem auch noch so heiß in Schutzkleidung aussieht wie du."

„Du bist auch gar nicht so schlecht. Wie wäre es, wenn wir nach dem Scheiß hier auf ein Date gehen?"

Duke schloss die Augen und seufzte dramatisch. „Musst du immer den Macho heraushängen lassen, Weib? Eigentlich sollte ich *dich* fragen, und nicht andersrum."

„Wir haben es etwas eilig und du brauchst immer so lange." Sie legte seine Hand auf ihre Wange. „Es war eine ‚Ja'- oder ‚Nein'- Frage, weißt du?"

„Ja."

Bei seiner Antwort strahlte ihr Gesicht. „Sehr gut. Da wir das jetzt geklärt haben, sollten wir uns daran machen, den bösen Buben zu schnappen."

Duke schüttelte amüsiert den Kopf. „Es ist gut, dass ich kein Problem damit habe, Befehle von Frauen entgegenzunehmen. Eigentlich finde ich es sogar heiß, wenn du mich herumkommandierst." Er zog sie in voller Montur in seine Arme und küsste sie.

Angel erwiderte den Kuss mit der gleichen Leidenschaft.

Wenige Sekunden später endete der Kuss und sie musterte ihn mit einem ernsten Gesichtsausdruck. Ihr Lächeln war vollkommen verschwunden, als sie sagte: „Tue mir einen Gefallen und lass dich nicht umbringen, okay?"

Bei dem Ausdruck in ihren Augen brach ihm das Herz. „Ich werde dir noch lange erhalten bleiben. Schließlich erwartet mich ein Date mit dem hübschesten Mädchen. Ich weigere mich, sie zu enttäuschen."

KAPITEL 9

DURCH DIE EINGANGSTÜR verließ Duke
die Hütte. Angel wartete zwei Minuten, schlüpfte
aus der Hintertür und in die nächstgelegenen
Büsche. Im Schutz der Schatten steckte sie sich
nicht nur Blätter und Gras an ihre Bluse, sondern
auch in die Haare. Zum Schluss schmierte sie ihr
Gesicht mit Dreck ein.

Gut getarnt machte sie sich zu der Stelle auf,
die sie mit Duke abgesprochen hatte. Dort duckte
sie sich in den Büschen und achtete darauf, ihre
Waffen nicht auf Duke zu richten. „In Position."

„In Position", erwiderte Duke.

Angel lag mit ihrem Gewehr auf dem Boden.
Die Pistole hatte sie griffbereit neben sich liegen.
Jetzt gab es nur noch eins zu tun: warten.

Minuten wurden zu Stunden. Hin und
wieder rutschte sie auf dem Boden umher, um
nicht zu riskieren, dass ihre Arme und Beine

einschliefen. Sie kam an einen Punkt, an dem sie dachte, Duke und sie machten sich lächerlich und dass der Stalker kein Interesse daran hatte, ihnen in die Berge zu folgen. Mitten in ihren Zweifeln sprach ihr Duke ins Ohr: „Ich gehe kurz zur Hütte und entzünde eine Laterne."

„Ich gebe dir Rückendeckung", sagte Angel.

Duke schlich um den Perimeter und zu dem Trampelpfad, der vom Bach zur Hütte führte. Er kam zum Vorschein, als wäre er genau von dort gekommen und auf dem Weg, um sich für die Nacht hinzulegen.

Angel hielt den Atem an, bis er in der Hütte war. Erleichtert atmete sie aus. Er hatte es geschafft, ohne dass Schüsse abgefeuert wurden.

Eine Minute verging. Eine weitere Minute folgte.

Ihre Aufmerksamkeit war abwechselnd auf die Hütte und die Richtung des Pfades gerichtet, der vom Tal zu der Lichtung führte. Beinahe wäre ihr der Pfeil entgangen, der in einem Bogen auf das Dach der Hütte zuflog.

Für einen Moment fragte sie sich, was ein einfacher Pfeil bei einer Holzkonstruktion anrichten sollte. Dann traf der Pfeil sein Ziel: Eine Explosion sprengte die Fenster und Türen aus den Verankerungen. Rauch und Flammen erhoben sich von dem Gebäude und stiegen in die Nachtluft auf.

Angel schnappte scharf nach Luft und sprang auf.

Das Rasseln der Kieselsteine in den Dosen verriet ihr, dass jemand in der Nähe war.

Sie schwang das Gewehr in die Richtung des Lauts. Ein zotteliger Busch kam auf sie zu und bewegte sich im Zickzack durchs Unterholz.

Sie wusste nicht, ob Duke noch lebte oder nicht. Ihr Herz brach bei dem Gedanken, dass sie ihn nie wieder sehen würde. Ihre einzige Hoffnung bestand darin, dass er es vor der Explosion aus der Hütte geschafft hatte. Diese Hoffnung ließ sie handeln: Sie nahm den Bastard ins Visier und betätigte den Abzug.

Als die Kugel den Lauf verließ, wich der Angreifer nach links aus, zückte ein Gewehr und feuerte auf sie.

Angel schoss erneut und traf ihn ins Bein.

Eine Kugel zischte an ihrem Ohr vorbei und bohrte sich in den Baum hinter ihr, wodurch ein Regen aus Holzspänen auf sie niederrieselte.

Der Mann landete mit einem lauten Grunzen auf dem Boden, rollte mit der Waffe zur Seite und nahm Angel ins Visier.

Er feuerte und sie sprang rechtzeitig aus dem Weg. Sie landete mit dem Oberkörper auf ihrer Waffe. Der Schmerz breitete sich von ihren Rippen aus und sie schrie. Für einen Moment dachte sie, getroffen worden zu sein. Adrenalin durchströmte ihren Körper und jeder Gedanke an ihre Verletzung geriet in den Hintergrund: Der Bastard musste sterben, sonst würde er sie umbringen.

Rollend entfernte sie sich von ihrem Platz auf dem Boden. Erst hinter einem Baumstamm stoppte sie. Sie wagte einen Blick darüber hinweg, um die Lage zu sondieren.

Der Schütze hatte sich hingekniet und sein Gewehr auf den Baumstamm gerichtet, hinter dem sie Deckung suchte.

„Du bist eine gefühllose Schlampe, Lena Love."

„Ist das so, Myles?", rief Angel. Sie war sich hundertprozentig sicher, dass es sich um Lenas Ex-Freund handelte. „Du denkst, du bist ein großer Jäger? Aber da liegst du falsch! Das Einzige, wozu du in der Lage bist, ist es, unschuldige und wehrlose Tiere zu erschießen!"

„Ach, ist das so? Du hast einen Bodyguard engagiert, um dich zu beschützen. Mit Leichtigkeit habe ich diesen Schwächling aus dem Verkehr gezogen!"

Angels Magen zog sich zusammen. Sie weigerte sich zu glauben, dass Duke tot war. Er hatte ihr doch versprochen, sie auszuführen. Das Versprechen eines Delta Force-Soldaten war heilig. Er würde sein Versprechen verdammt nochmal halten! Sie kämpfte gegen ihre brennenden Augen an, indem sie mehrfach blinzelte. Sie hatte keine Zeit zum Weinen.

Für einen Augenblick herrschte Stille. In der Ferne war das Summen eines Hubschraubers zu hören, während das Feuer auch weiterhin loderte und Rauch in den Himmel stieg.

Duke hatte noch kein Lebenszeichen von sich gegeben. Sollte er wirklich tot sein? Vielleicht war er noch am Leben und stand kurz davor, in der Hütte zu verbrennen? Sie musste etwas tun, um Myles zum Handeln zu bewegen und diese Sache ein für alle Mal zu beenden. Sie musste so schnell wie möglich zu Duke.

„Hey, Myles! Hattest du Angst, dass mein Bodyguard besser im Bett ist als du? Ist das der Grund, warum du ihn umgebracht hast?", reizte sie ihn. „Ich verrate dir was: Er ist besser! Und so viel größer!" In Angels Vorstellung konnte ein Mann, der gefährdete Tiere tötete, nur einen kleinen Schwanz haben.

„Schlampe!" Myles feuerte ein Magazin auf den Baumstamm ab. Eine Kugel schlug sich neben ihrem Kopf ins Holz. Zu nah, dachte Angel.

„Hör auf, mein Date zu beschimpfen!", brüllte eine Stimme in der Ferne und direkt in Angels Headset.

Ihr Herz machte vor Freude einen Satz.

Duke!

Sie hörte einen Schuss und sah, wie Myles umfiel. Er rollte auf die Seite und griff nach seinem Gewehr, das nicht weit von ihm im Dreck gelandet war.

Ein weiterer Schuss war zu hören. Wieder wurde Myles getroffen; dieses Mal in den Bauch. Lenas Ex-Freund lag stöhnend im Dreck.

Angel verließ ihre Deckung, rann zu Myles, schnappte sich sein Gewehr und warf es außer Reichweite. Mit drei Kugeln im Körper konnte er so oder so nicht mehr viel ausrichten.

Duke kam angerannt. „Hast du den letzten Schuss abgefeuert?"

„Nein. Ich dachte, du wärst es gewesen." Sie warf sich ihm in die Arme. „Ich dachte, du wärst tot!"

Er grinste, wickelte die Arme um sie und drückte sie gegen seinen Körper. „So leicht kann man einen Delta nicht töten."

Sie lehnte sich zurück und sah zu ihm auf. „Wie bist du aus dem Haus gekommen?"

Er grinste. „Wie du auch. Ich habe den Hintereingang benutzt. Und zwar keine Sekunde zu früh."

Sie stellte sich auf die Zehenspitzen und küsste ihn. „Du hast mir eine Heidenangst eingejagt. Ich wusste nicht, ob du bei der Explosion noch in der Hütte warst."

Ein Schatten fiel über Angel und Duke.

Zur gleichen Zeit hoben sie die Augen gen Himmel. Ihre Blicke fielen auf einen Mann an einem Fallschirm. Er hatte ein Gewehr in der

Hand. Als er sich den Bäumen näherte, richtete er den Fallschirm aus und trieb in die Nähe der lodernden Hütte. Er landete auf den Füßen, bündelte den Fallschirm und machte Platz für einen weiteren Mann, der samt Gewehr Richtung Lichtung trieb. Es schien gar nicht mehr aufzuhören, Männer zu regnen.

Duke packte Angels Hand und rannte mit ihr zu den mittlerweile vier Männern, die ihre Fallschirme bündelten und Gewehre trugen, die nur im Militär zugelassen waren.

Angel stemmte ihre Fersen in den Boden und weigerte sich, zu den Männern zu stoßen. „Bist du dir sicher, dass sie uns nichts Böses wollen?"

„Etwas Böses?" Duke lachte. „Diese Männer sind meine Brüder."

Sie sah ihn irritiert an. „Brüder? Ich nahm an, dass du ein Einzelkind bist."

Er zerrte sie zu dem Mann, der als erstes auf dem Boden aufgekommen war und dessen Kugeln das Ende von Myles Jagdtrip eingeläutet hatten. Für immer.

„Rider!" Duke ließ ihre Hand los und umarmte den Mann samt Fallschirm.

Der Mann namens Rider klopfte ihm zur Begrüßung auf den Rücken. „Beinahe hätten wir den ganzen Spaß verpasst." Er sah über Dukes Schulter und fand Angels Blick. „Willst du uns nicht deiner Klientin vorstellen?" Er bemerkte das Gewehr in ihrer Hand und die Zweige und

Blätter, die sie in ihrem Haar verteilt hatte. „Seit wann tragen Filmstars Gewehre und schießen abseits eines Filmsets auf die bösen Jungs?"

„Rider, das ist nicht Lena Love. Sie sieht ihr nur zum Verwechseln ähnlich. Ihr Name ist Angel Carson. Lenas Stunt-Double und ein ehemaliger Army Ranger."

„Wusste ich es doch: Duke hat den ganzen Spaß ohne uns. Gut, dass wir jetzt hier sind." Rider streckte seine Hand aus.

Angel legte ihre Hand in seine. „Freut mich." Rider fackelte nicht lange und zog sie in eine Umarmung.

Duke packte Riders Schulter und zerrte ihn von Angel weg. „Hey, nimm deine Hände von meinem Mädchen. Was würde Briana dazu sagen?"

„Gar nichts. Sie weiß, dass ich nur Augen für sie habe. Ich bin nur einfach so froh, dass du eine Frau gefunden hast, die sich in einem Kugelhagel zurechtfindet." Rider grinste Angel an. „Ich kann es nicht erwarten, dir Briana vorzustellen. Sie wird dich lieben."

Ein weiterer Mann gesellte sich hinzu. „Duke, wie ist das denn passiert? Du bist erst seit ein paar Tagen hier und hast dir bereits eine Frau angelacht?" Er wandte sich Angel zu und hielt ihr seine Hand entgegen. „Ich bin Blaze und der Kamerad dieses Arschlochs. Scheint mir ganz so, als wäre Duke jetzt einem gänzlich anderen Team zugehörig." Er zwinkerte ihr zu. „Einem besser aussehenden Team."

Duke wurde rot.

Angel gefiel es, dass Duke peinlich berührt war, und konnte sich nicht zurückhalten, ihn ein wenig mehr zu sticheln. „Hey, habe ich in dem Punkt denn gar nichts zu melden? Schließlich sollte ich doch entscheiden, wessen Frau ich sein will, oder?"

Alle fünf Männer drehten sich mit weit aufgerissenen Augen zu ihr.

„Willst du damit sagen, dass du nicht zu Duke gehörst?", fragte Rider. Er sah an ihr vorbei auf den toten Mann am Boden und stöhnte. „Der Kerl gehört nicht zu dir, oder?"

Angel und Duke antworteten gleichzeitig: „Nein!"

Duke wickelte einen Arm um Angel. „Gib uns eine Chance. Ich schulde dieser Frau ein Date. Jetzt, da die Sache mit Lenas Ex erledigt ist, können wir hoffentlich einen Abend genießen, ohne über unsere Schulter blicken zu müssen. Danach kann sie entscheiden, ob sie einen Mann will und ob dieser Mann ich sein soll."

„Na gut, dann wollen wir dem jungen Glück nicht im Weg stehen. Wir haben ein Date mit einer Angelrute. Zeig uns den Weg zu dem nächstgelegenen Fluss und wir verschwinden."

„Gerne", sagte Duke. „Nachdem wir das Feuer

gelöscht und Lenas Ex vom Berg geschafft haben."

„Jetzt müssen wir für unser Recht zu fischen auch noch arbeiten?" Blaze schüttelte den Kopf. „Fein. Dann los, damit unser Mini-Urlaub starten kann."

Dukes Freunde halfen dabei, Myles auf Hollywoods Rücken zu hieven. Dann hoben sie die Fallschirme auf den anderen Sattel und führten die Pferde den Berg hinunter.

Hinter den vier Männern lief Duke neben Angel. „Die Jungs haben nur Witze gemacht. Natürlich bist du nicht meine Frau."

„Oh, das ist aber Schade." Sie lehnte sich gegen ihn. „Mir gefällt der Gedanke."

„Wirklich?" Dukes Gesicht erstrahlte. „Für einen Mann ist es niemals intelligent, Dinge vorauszusetzen – vor allem nicht, wenn es um eine Frau geht, die mit einem Gewehr fast so gut umgehen kann wie er selbst."

Sie pikte ihn in die Rippen. *„Besser* als er, meinst du wohl."

„Du hast nur sein Bein getroffen", erinnerte er sie.

Ihr Mundwinkel zuckte. „Ich habe auf sein Bein *gezielt.*"

„Du gewinnst." Er zog sie in seine Arme und hob ihr Kinn. „Was bedeutet, dass *ich* gewinne."

„Und wie das?"

„Ich bekomme das Mädchen."

Ihr Blick fiel auf seine Lippen. „Tust du?", flüsterte sie.

„Oh ja." Dann küsste er sie und nahm sie mit jedem einzelnen Zungenschlag in Besitz.

Es dauerte eine Weile, bis sie den Kuss beendete und sich zurücklehnte. „Von mir wirst du kein Argument hören, solange du mich auch in Zukunft mit solchen Küssen verwöhnst."

„Abgemacht." Er küsste sie erneut. Unter dem Sternenhimmel von Montana, auf einem Pfad in die Crazy Mountains und vor seinen Brüdern stellte er sicher, dass jeder sah, zu wem Angel gehörte. Zu ihm. Sie gehörte nur ihm.

Angel konnte nicht glücklicher sein. Und er schuldete ihr ein Date. Sie würde den Ort aussuchen. Letztendlich entschied sie sich für ein riesiges Himmelbett mit rosafarbener Bettwäsche und einer Schublade voller Kondome.

Die zwei Wochen in Lenas Haus waren noch nicht zu Ende. Angel hatte vor, die Gastfreundlichkeit in vollen Zügen zu genießen … mit Duke an ihrer Seite.

MONTANA RANGER

EIN BODYGUARD FÜR DIE
THERAPEUTIN

BROTHERHOOD PROTECTORS REIHE
Buch 5

ELLE JAMES
New York Times & USA Today
Bestseller-Autorin

Übersetzt von Franziska Popp

MONTANA
RANGER

BROTHERHOOD ⬡ PROTECTORS

EIN BODYGUARD FÜR
DIE THERAPEUTIN

NEW YORK TIMES & USA TODAY BESTSELLERAUTOR

ELLE JAMES

KAPITEL 1

„BIST DU DIR SICHER, dass ich nicht bleiben soll?"

Gavin Backstock erhob sich aus der Hocke, nachdem er den Mäher am ältesten Traktor auf der Brighter-Days-Rehabilitation-Ranch wieder funktionstüchtig gemacht hatte. Er schüttelte schwarze Locken aus seinem Gesicht und wischte sich Öl von den Händen.

Hannah Kendricks seufzte. Oh ja, sie wünschte wirklich, dass Gavin blieb und das Feld mähte. Sie hatte kein Interesse an dieser Aufgabe, aber …

„Es geht nicht anders. Wir brauchen Futter für die Tiere und morgen ist Sonntag. Dann sind die Läden geschlossen." Sie musterte die in die Jahre gekommene Maschine. Hoffentlich soff das Teil nicht mitten auf dem Weg ab; ansonsten müsste sie den ganzen Weg zur Farm zu Fuß bewältigen. „Ich verspreche dir, dass ich den Traktor gut behandle, bis das Gras gemäht ist." Sie hob eine Hand in festlicher Geste. „Mach dir keine Sorgen. Ich werde ganz lieb zu ihm sein."

„Warum lässt du nicht Percy mähen?", schlug Gavin vor.

„Das würde ich, aber er ist besser mit der Ballenpresse. Das Feld, was ich vor drei Tagen gedroschen habe, kann jetzt gepresst werden. Wenn wir bis Mittwoch fertig sein wollen, müssen wir dieses Feld heute angehen."

Gavin öffnete den Mund. Es war klar, dass er argumentieren wollte.

Hannah hob die Hand, um ihn zu stoppen. „Wir kommen klar. Ich habe drei Aushilfen eingestellt."

„Troy Nash ist heute Morgen gekommen." Fragend zog er die Augenbrauen zusammen. „Warum bitte hast du den Jungen angeheuert?"

„Mir ist zu Ohren gekommen, dass er seinen Job verloren hat. Da sein Vater einen Herzinfarkt hatte, kann er das Geld sicher gut gebrauchen."

„Du hast eine Schwäche für Leute, die völlig am Boden sind."

Sie zuckte mit den Achseln. „In dieser Gegend sorgen wir uns um unsere Mitmenschen."

„Das ist ja auch richtig so, nur Troy ... Troy ist ein Unruhestifter."

„Vielleicht braucht er nur jemanden, der an ihn glaubt." Hannah strich mit einer Hand über den butterweichen Sitz. „Außerdem habe ich auch Abe und Mark dazu geholt. Gute und fleißige Jungs. Mach dir keine Sorgen um uns."

„Warum hast du's so eilig? Wir könnten das Feld auch morgen noch mähen, wenn ich hier bin und dir helfen kann."

Hannah hob die Augen zum blauen Montana-Himmel und schüttelte den Kopf. „Ein Sturm nähert sich von der Washington-Küste. Du weißt genauso gut wie ich, dass wir das Heu nicht pressen können, wenn es nass ist. Wir müssen das Feld jetzt mähen, damit es trocknen kann."

„Und?"

Hannah kräuselte die Lippen. „Du weißt sehr wohl, dass wir das Feld mindestens zwei Mal mähen müssen, wenn wir durch den Winter kommen wollen. Ich möchte nicht auf Heu aus dem Laden zurückgreifen müssen."

Gavin musterte den alten Traktor. „Der Schrotthaufen wird jedes Mal bockiger. Das habe ich auch schon vor Holloway erwähnt. Ich werd's erneut ansprechen. Soweit ich weiß, kommt er morgen."

Hannah biss sich auf die Unterlippe: Holloway war der Finanzdirektor der Brighter-Days-Rehabilitation-Ranch. Er war noch sehr jung, tauchte einmal im Monat auf, machte etwas

Buchhaltung und entschied, was für Anschaffungen gemacht werden durften. Sonst überließ er es Hannah, die Ranch nach ihren Vorstellungen zu leiten. Hannah kümmerte sich um das Personal, Entlassungen und die Instandhaltung. „Er kann recht geizig sein."

„Vielleicht kannst du etwas von deinem Charme benutzen, den du sonst nur bei unseren Kunden einsetzt." Gavin wackelte mit den Augenbrauen.

Hannah sah an ihrem ausgewaschenen T-Shirt und der Jeans hinunter und reagierte auf die Worte ihres besten Freundes mit einem undamenhaften Schnauben. „Ich bin als Mädchen nicht gerade überzeugend."

Gavin prustete los. „Mach dich nicht schlechter als du bist, Hannah. Du bist ganz Frau, wenn ich das mal so sagen darf. Und du machst das besser als manch andere Frauen, die ich kenne."

„Vielleicht, aber Holloway kommt aus einer anderen Welt. Ich habe keine Ahnung, wie man mit den Wimpern klimpert." Um ihre Worte zu beweisen, klimperte sie mit den Wimpern. Gavins Gesichtsausdruck zufolge sah es wahrscheinlich genauso plump aus, wie es sich anfühlte.

„Ich gebe dir recht. Lass das besser sein. Sieht merkwürdig aus." Er humpelte zum Pickup.

„Mal sehen, was ich reißen kann. Wir brauchen auf jeden Fall einen neuen Traktor für nächstes Jahr." Sie umarmte Gavin. „Danke für deine Hilfe. Jetzt läuft er wenigstens wieder."

„Hoffentlich funktioniert der Schrotthaufen, bis du mit dem Feld durch bist." Gavin warf einen Blick auf die Scheune. „Scheint ganz so, als hätte Percy sein Team zusammen. Ich mach mich nach Eagle Rock auf, damit ich heute noch hilfreich sein kann." Er sah Hannah mit einem ernsten Ausdruck an. „Sei vorsichtig. Wir wollen keine weiteren ‚Unfälle'. Wir können es uns nicht erlauben, unsere beste Therapeutin zu verlieren."

„Eure *einzige* Therapeutin", murmelte Hannah. „Ich komme schon klar. Hör auf, dir Sorgen zu machen. Was in der letzten Zeit passiert ist, waren nur Unfälle, die jedem hätten passieren können." Sie packte Gavins Arm und sah ihm direkt in die Augen. „Auf unserer Ranch geht keine Verschwörung vor sich."

Mit gerunzelter Stirn legte er eine Hand auf ihre Wange. „Da bin ich mir nicht so sicher. Du bist die Einzige, die durch die Unfälle in Mitleidenschaft gezogen wird." Er holte tief Luft und nickte entschlossen. „Ich sollte bleiben und das Mähen für dich übernehmen."

„Geh." Hannah schob Gavin behutsam von sich weg. „Ich komme schon klar. Niemand wird mir etwas antun. Ich möchte für die Jungs hier sein. Wenn ich mit dem Feld fertig bin, werde ich helfen, das Heu aufzuladen. Ich muss anwesend sein und sicherstellen, dass niemand etwas tut, um den Heilungsprozess zu stören."

„Ja, du musst bei ihnen sein. Ohne deine Hilfe würde es ihnen viel schlechter gehen." Er betrachtete sein Bein. „Niemals hätte ich gedacht, dass ich noch einmal laufen würde. Und jetzt sieh mich an. Das habe ich allein dir zu verdanken."

Hannahs Herz schwoll an. Nichts erfreute sie mehr, als Veteranen wieder zu Mobilität zu helfen. Dann konnten sie wieder leben.

Auf der Brighter-Days-Rehabilitation-Ranch bekam sie das Beste aus beiden Welten. Sie konnte Mitmenschen helfen, wie ihrem besten Freund aus Kindheitstagen, und ehemaligen Soldaten aus allen Bereichen einen Grund geben, sich nicht gehen zu lassen. Sie wollte, dass sie sich zurück in ein neues Leben kämpften. Zudem ging mit dem Programm die Rehabilitation von Pferden einher, die aus furchtbaren Situationen gerettet wurden. Ohne die Güte einer Investmentgruppe, die die Ranch gekauft hatte und es ihr erlaubten, ein Therapiecenter daraus zu machen, hätte sie niemals diese Möglichkeit wahrnehmen können.

An seinem Pickup drehte sich Gavin noch einmal zu ihr um. „Oh, Hannah, in Bezug auf die Sache mit den schönen Augen machen, fällt mir noch etwas ein: Vielleicht solltest du dich öfter in der Öffentlichkeit zeigen und endlich wieder daten. Du brauchst ein Leben abseits der Ranch."

„Sagt ausgerechnet der Mann, der schon seit einem Jahr kein Date mehr hatte." Sie schüttelte den Kopf. „Ich werde daten, wenn du datest." Hannah verengte die Augen zu Schlitzen und legte den Kopf auf die Seite. „Vielleicht date ich einfach dich."

Gavins Mundwinkel zuckte. „Nett, dass du an mich denkst, aber das wäre, als würde ich meine Schwester daten. Komisch."

Hannah nickte. Sie hatten es mal getestet, hatten sich sogar geküsst – die leidenschaftlichen Funken waren jedoch ausgeblieben. Es hatte sich nicht richtig angefühlt. Wie Gavin schon meinte: Es fühlte sich an, als würde man einen Geschwisterteil küssen. *Eklig!* „Du hast recht. Dates stehen für uns nicht in den Sternen. Warum sollten wir unsere tolle Freundschaft aufs Spiel setzen? Das bedeutet allerdings nicht, dass du keine Frau finden kannst, die dich trotz deiner vielen nervigen Angewohnheiten lieben kann."

Gavin verschränkte die Arme. „Das kann ich nur zurückgeben, Han. Ich werde daten, wenn du datest."

„Pass auf, wen du herausforderst! Bei Herausforderungen kann ich nicht widerstehen."

„Darauf baue ich." Für einen Moment starrte er sie nieder. „Geh mähen und vergiss nicht: Das war eine Herausforderung. Mal sehen, ob du dich traust."

Hannah sah Gavin davonfahren und seine Worte klangen noch nach. Er hatte nicht ganz unrecht. Seit ihrer College-Zeit hatte sie kein Date mehr gehabt.

Ranch-Vorarbeiter, Percy Pearson, kam von der Scheune auf einem zweiten Traktor auf sie zugesteuert. Im Schlepptau hatte er die Ballenpresse. Er winkte Hannah im Vorbeifahren zu. „Bereit?"

Sie nickte, kletterte auf ihren Traktor und wartete, dass der Pickup vorbeifuhr – gefahren vom ehemaligen Feldwebel Lori Mize, die aufgrund einer Verletzung ihren Dienst quittieren musste. Eine bunt gemischte Truppe aus verletzten Soldaten und Aushilfen saß lachend und scherzend auf der Ladefläche. Sie hoffte, dass die erfahrenen Hände –Troy, Abe und Mark – mit den drei Veteranen – Franklin, Vasquez und Young – ein gutes Team bildeten.

Hannah stellte den Motor an und legte den ersten Gang ein. Es würde ein langer Tag auf dem Feld werden. Sie rückte ihren Cowboyhut zurecht und fuhr mit dem Traktor durchs Tor direkt auf das Feld. Der wolkenlose Himmel versprach, dass ein kühler Montana-Morgen zu einem warmen und frühen Sommertag werden würde. Hoffentlich ohne merkwürdige Vorfälle.

Cookie, der Ranch-Koch, winkte und schloss

das Tor hinter ihr. Er blieb oft in der Nähe, für den Fall, dass einige der Soldaten nicht in der Lage waren, schwere vierzig Kilogramm Ballen auf den Hänger zu werfen. Es gab niemanden, der zurückgelassen wurde; alle Frauen und Männer waren mit ihr auf dem Feld. Wenn sie alle hungrig und müde zum Haus zurückkamen, würde Cookie sie mit einem köstlichen Essen verwöhnen.

Hannah folgte Percy, bis sie zu dem Feld kam, das sie mähen wollte.

Percy fuhr mit seinem Team weiter, zu dem Bereich, an dem Stroh gepresst werden musste.

Hannah würde den Tag alleine verbringen und den Traktor mit dem angebrachten Mäher fahren. Dieses Feld war hügelig. Sie hoffte und betete, dass der alte Traktor bei dem vielen Auf und Ab nicht klein beigab und die Bremsen hielten.

Sie richtete den Blick auf die Abhänge und hangelte sich von einem Hügel zum nächsten. Sie fuhr vorsichtig und versuchte, mit ihrer Fahrweise den Traktor nicht zu überfordern. Auf dem Weg nach unten fuhr sie so langsam wie möglich, schaltete in den niedrigsten Gang, um nicht vollkommen von den Bremsen abhängig zu sein.

Nach dem ersten überwundenen Hügel war sie überzeugter davon, dass der Traktor durchhielt. Sie lehnte sich zurück und ließ ihren Verstand schweifen.

Hannah ging durch den Kopf, wie weit sie gekommen und wie glücklich sie im Moment war. Sie war auf dieser Ranch aufgewachsen. Als die Tochter der Haushälterin. Hier hatte sie reiten gelernt.

Ihren Vater hatte sie nie kennengelernt. Ihre Mutter hatte ihr die Liebe zur Natur nähergebracht – die Liebe zum Leben als Rancher. Schon in ihrer Kindheit hatte sie immer Männer um sich gehabt, die ihr zeigten, wie ein Mann sein sollte und wie diese sich gegenüber einer Frau zu verhalten hatten. Sie bevorzugte die Arbeit auf dem Feld vor der Hausarbeit, weshalb sie sich oft den Cowboys und den Aushilfen angeschlossen und bei der Arbeit geholfen hatte. Das beinhaltete die Fütterung und die Pflege der Tiere, der Instandhaltung der Gebäude und dem Grundstück selbst.

Ihre Mutter hatte darauf bestanden, dass sie aufs College ging. Sie hatte jeden Cent zur Seite gelegt, damit ihre Tochter keine Kredite aufnehmen musste.

Trotz allem wäre Hannah lieber auf der Ranch geblieben. Sie liebte die Arbeit mit den Pferden, wusste aber, wie wichtig eine College-Ausbildung war und wie viel es ihrer Mutter bedeutete. Also war sie gegangen.

Gavin, ihr bester Freund von der Highschool, hatte sich der Marine angeschlossen und war in den Krieg nach Afghanistan gezogen. Zwei Jahre später wurde er verletzt. Sein Bein musste mehrmals unters Messer, damit alle Granatsplitter entfernt und das Bein gerettet werden konnte. Zu guter Letzt war eine Amputation unterhalb des Knies unausweichlich gewesen. Es wurde ihm eine Prothese angepasst. Danach folgte eine Rehabilitation. Er musste lernen, mit dem Verlust umzugehen. Mehrere Monate später entließ ihn die Marine aus medizinischen Gründen vom Dienst. Nach Hause verbannt, kämpfte er mit Depressionen und Resozialisierungsproblemen.

Hannah hatte nie genau gewusst, was sie studieren sollte. Nachdem sie ihren besten Freund im Krankenhaus besucht hatte und sie einige Male bei seiner Physiotherapie dabei gewesen war, entschied sie sich: Sie wollte Menschen wie Gavin helfen. Sie wollte, dass sie sich wieder besser in ihrer Haut fühlten, ihre Gliedmaßen neu entdeckten und akzeptierten. Sie sollten ihre Selbstständigkeit, ihr Selbstvertrauen und ihren Selbstrespekt zurückgewinnen.

Bei ihrem Studium hatte sie alles gegeben, um im Physiotherapie-Programm aufgenommen zu werden und als die Beste ihres Jahrganges abzuschließen. Ihre Mutter war so stolz auf sie gewesen.

Nach ihrem Abschluss hatte sie eine Stelle in Bozeman angenommen. Es handelte sich um ein Rehabilitationscenter, wo Menschen mit Knie-

und Hüftersatz geholfen wurde. Doch ihr Traum war es, mit Veteranen zu arbeiten.

Gavin war nach seiner Entlassung in Washington D.C. geblieben und hatte nach einem Job Ausschau gehalten. Jedoch fand er nichts. Er liebte Pferde mehr als Menschen. Es gab nur ein Problem: Er konnte nicht loslassen. Noch immer fühlte er sich seinen Kameraden verpflichtet. Er wollte bei ihnen sein und zusammen mit ihnen kämpfen.

Hannah hatte sich nach einer Weile bei der Walter Reed Klinik in Bethesda, Maryland beworben. Am selben Tag, an dem sie den Bewerbungstermin erhielt, hatte ihre Mutter einen verheerenden Herzinfarkt.

Drei Jahre waren seither vergangen und der Gedanke schmerzte noch immer.

Am Ende des Feldes kehrte sie aus ihren Erinnerungen zurück. Sie wendete den Traktor, wandte sich der nächsten Reihe zu und fuhr den Hügel Richtung Schluchtwald hinunter. Das rhythmische Tuckern lockte sie in ihre Erinnerungen zurück.

Einen Tag später war ihre Mutter gestorben, ohne jemals wieder ihr Bewusstsein erlangt zu haben. Hannah hatte ihr Bewerbungsgespräch in Bethesda verschoben, um die Beerdigung vorzubereiten. Sie hatte ihre Mutter, ihre einzige Verwandte, auf dem Friedhof von Eagle Rock begraben. Die Stadt war der Farm, die ihre

Mutter immer als Zuhause angesehen hatte, am nächsten.

Percy und Gavin hatten ihr in der schweren Zeit beigestanden, zusammen mit den Arbeitern und dem Besitzer der Ranch, Mr. Lansing. Ironischerweise wurde ihre Mutter an einem sonnigen Montana-Tag zur Ruhe gebettet. Über die Sonne hätte sie sich gefreut.

Wie ein schlechter Scherz, der sich wiederholte, hatte Mr. Lansing noch am selben Abend einen Herzinfarkt. Er starb nicht, wurde aber in ein Pflegeheim überwiesen. Das war der Anfang vom Ende. Ihre kleine Familie zerbrach.

Schweren Herzens hatte sich Hannah von Gavin und den Helfern verabschiedet. Dann war sie ins Ranch-Haus gegangen und hatte zusammengepackt, was sie von ihrer Mutter behalten wollte. Den Rest wollte sie spenden. Ihr Herz war gebrochen und ihre Trauer hatte sie in ein tiefes Loch gezogen. Ihren Koffer stellte sie am Eingang ab, um die Ranch am Morgen für alle Zeit zu verlassen.

Doch wie es so schön hieß: Es kam immer anders, als gedacht.

Percy kam mit dem Telefon zu ihr.

Sie hatte mit niemandem sprechen wollen. Percy meinte jedoch, es sei wichtig und dass es etwas mit dem Verkauf der Ranch zu tun hatte.

Hannah hatte das Gefühl, dass Percy ihr ein Messer ins Herz bohrte. Sie nahm den Anruf entgegen und ihr Anwalt bestellte sie am nächsten Morgen ins Büro. Er hatte Informationen zum Testament ihrer Mutter und Neuigkeiten zum Verkauf der Ranch.

Widerwillig hatte sie zugesagt, ihn vor ihrer Abreise in seinem Büro in Eagle Rock aufzusuchen.

Auf Hannahs Lippen spielte ein kleines Lächeln. Sogar vom Grab aus war ihre Mutter darauf bedacht, dass es ihrer Tochter an nichts fehlte. Sie musste geahnt haben, dass Mr. Lansing seine Ranch nicht mehr viel länger verwalten könnte. Er hatte keine Erben und er musste die Ranch verkaufen. Ihre Mutter hatte Hannah ihre ganzen Ersparnisse hinterlassen – ein beachtlicher Betrag, den sie sich für ihre eigene Rente angespart hatte. Und sie hatte Hannah einen Brief hinterlassen.

Meine süße Hannah,

Wenn du diesen Brief liest, bin ich tatsächlich gestorben, bevor ich dir von deinem Vater erzählen konnte. Ich habe nicht oft über ihn gesprochen, aber du sollst wissen, dass er ein guter Mann ist. Er weiß nichts von dir; bitte gib ihm also nicht die Schuld, dass er nie ein Teil deines Lebens war. Die Sache geht auf meine Kappe. Vielleicht hätte ich ihm von dir erzählen sollen. Trotzdem habe ich das Gefühl, die richtige Entscheidung getroffen zu haben. Hasse deinen Vater nicht. Du weißt, wie sehr ich dich liebe. Du bist ein wertvoller Schatz.

Fühl dich geküsst,
deine Mama

HANNAH HÖRTE NICHT, was der Anwalt noch zu sagen hatte: Trauer hatte sie vollkommen im Griff.

Seine Lippen bewegten sich nicht länger und er sah sie erwartungsvoll an. Er hatte ihr eine Frage gestellt, die sie ausgeblendet hatte.

Sie presste den Brief an ihre Brust, fand seinen Blick und bat ihn, die Frage zu wiederholen.

„Werden Sie bleiben, um bei der Umwandlung von einer Vieh-Ranch zu einer Rehabilitation-Ranch für verwundete Soldaten und kranke oder verletzte Pferde zu helfen?

Hannah blinzelte. „Was? Ich? Wie?"

Der Anwalt nickte und wiederholte die Idee, die von den neuen Ranch-Besitzern kam. „Er – sie wollen, dass Sie darüber nachdenken." Er sah sie besorgt an, lehnte sich vor und berührte ihren Arm. „Wenn Sie bleiben, werden die anderen Mitarbeiter ihre Jobs behalten und Sie könnten eine Menge Gutes bewirken."

Wie benommen verließ sie das Büro. Sie fuhr zur Ranch zurück, wo sie Percy mit einer Reise-tasche über den Weg lief.

Er stellte die Tasche ab und packte ihren Arm. „Hannah, geht es dir gut?"

Sie nickte und sagte: „Percy, ich habe mich so sehr von meiner eigenen Trauer einnehmen lassen, dass ich gar nicht an dich gedacht habe. Was wirst du machen, wenn die Ranch verkauft wird?"

Er zuckte mit den Achseln. „Ich weiß es nicht. Ich dachte daran, vielleicht zu meiner Schwester nach North Dakota zu ziehen."

„Aber du hasst es, zu deiner Schwester zu fahren. Länger als ein oder zwei Tage hältst du es nie aus."

„Ich weiß nicht, wo ich sonst hin soll." Er zwang sich ein Lächeln auf die Lippen. „Mach dir keine Sorgen um mich. Ich lande immer auf meinen Füßen."

Sie legte den Kopf auf die Seite und sah ihn mit einem tadelnden Blick an. „Du arbeitest hier schon länger als ich mich erinnern kann. Wann hast du dich das letzte Mal für einen Job beworben?"

Er wandte den Blick ab. „Vor dreißig Jahren denke ich."

Zum ersten Mal bemerkte Hannah die grauen Strähnen in seinem braunen Haar und die Falten um seine Augen. Der Mann hatte lederne Haut von den vielen Jahren unter der Sonne Montanas. Er musste um die sechzig sein. Wer würde ihn einstellen?

Sie musterte ihren Freund, den Mann, den sie

als Vater ansah, und traf eine Entscheidung. „Wir bleiben."

Ihre Mundwinkel zuckten, als sie Percys Reaktion sah. Jetzt musste er nicht zu seiner Schwester fahren. Am nächsten Tag rief sie Gavin an und flehte ihn an, für die Brighter-Days-Rehabilitation-Ranch zu arbeiten, wo er Veteranen und Pferden helfen konnte. Damit würde er seinen Teil beitragen und könnte seinen Kameraden aus der Ferne unterstützen.

Bei einem Abhang presste Hannah ihren Fuß abrupt aufs Bremspedal. Bei der letzten Runde schaffte sie dieses Stück ohne Probleme – jetzt hatte sie einen schnappenden Laut gehört. Metall musste mit Metall zusammengestoßen sein. Im nächsten Moment versagten die Bremsen.

Hannahs Herz rutschte ihr in die Hose. Anstatt langsamer zu werden, beschleunigte der Traktor bergab, der zusätzlich mit dem Gewicht des Mähers zu kämpfen hatte. Einfache Physik.

Hannahs Finger packten das Lenkrad; ihr Herz raste. Sie überlegte, den Traktor zu drehen und damit den Abgang zu verhindern. Allerdings wusste sie, was passieren würde, wenn sie das Fahrzeug bei dieser Geschwindigkeit herumriss: Der Traktor würde von den Rädern gerissen.

Sie versuchte, auf eine geringere Geschwindigkeit umzuschalten. Der Hebel klemmte. Was sollte sie jetzt nur tun?

Bäume und Felsen erwarteten sie, wenn sie sich nicht etwas einfallen ließ. Hannah hatte keine andere Wahl: Sie musste abspringen. Dieser Plan hatte eine Schwachstelle: Sie konnte beim Sprung im Mäher landen und zerstückelt werden. Filetiert werden wollte sie heute eigentlich nicht.

Sie starrte auf die Bäume und die Felsen: Ihr Verstand arbeitete und ging jedes Szenario in Windeseile durch. Ihr Überlebensinstinkt aktivierte sich.

Sie erblickte ihre einzige Chance, um diese Sache zu überleben: Langsam drehte sie das Lenkrad, vorsichtig, um nicht umzukippen, und steuerte den Traktor auf einen großen Baum mit tiefhängenden Ästen zu. Sie hatte die Hoffnung, einen dieser Äste zu packen.

Hannahs Umklammerung am Lenkrad festigte sich. Sie durfte nicht aufgeben. Bilder des Versagens flimmerten über ihr inneres Auge.

Sie hatte keine Zeit mehr: Hannah ließ das Lenkrad los, sprang auf ihre Füße und griff nach einem stabilen Ast. Sie schwang wie ein Pendel durch die Luft und krachte mit der Brust gegen den harten Baumstamm. Ihr stockte der Atem.

Der Traktor und der Mäher waren nicht aufzuhalten und fuhren geradewegs auf einen riesigen Felsen zu. Das Fahrzeug krachte mit einem ohrenbetäubenden Aufprall dagegen, in einer Geschwindigkeit, die den vorderen Teil des Traktors verbog. Vom mitgebrachten Schwung hob sich das Hinterteil des Traktors in die Höhe und machte einen Salto. Hannah beobachtete, wie der Sitz vom Gewicht zerquetscht wurde.

Wenige Sekunden später war alles vorbei. Hannahs Arme erschlafften, sie rutschte vom Ast ab, fiel und landete auf ihrem Rücken. Schmerz schoss durch ihren Kopf und Dunkelheit umhüllte sie.

ELLE JAMES ist eine New York Times- und USA Today-Bestsellerautorin. Von Cowboys, Intrigen bis hin zu paranormalen Abenteuern gibt es bei ihren Büchern etwas für jeden Geschmack. Wenn sie nicht an ihrem Computer sitzt, bereist sie die Welt oder fährt mit ihrem Geländewagen, um neu inspiriert zu werden. Unter www.elleja mes.com kannst du mehr über sie erfahren.

Website | Facebook | Twitter | GoodReads | Newsletter | BookBub | Amazon

Folge mir!
www.ellejames.com
ellejamesauthor@gmail.com

BÜCHER VON ELLE JAMES

~*~*~Deutsche Ausgaben~*~*~

Brotherhood Protectors Reihe

Montana SEAL-Ein Bodyguard für die Schauspielerin

Bride Protector SEAL-Ein Bodyguard für die Braut

Montana Delta-Force-Ein Bodyguard für das Opfer

Cowboy Delta-Force - Ein Bodyguard für den Engel

Montana Ranger - Ein Bodyguard für die Therapeutin

Montana Dog Soldier - Ein Bodyguard für die FBI-Agentin

Montana SEAL Daddy - Ein Bodyguard für die Mutter Seines Babys

Montana Ranger's Wedding Vow: Ein Bodyguard für die Falsche Braut

Montana SEAL Undercover Daddy: Ein Bodyguard für die Scheinfamilie

Cape Cod SEAL Rescue: Rettung für den SEAL Auf Cape Code

Montana SEAL Friendly Fire: Ein Bodyguard für die Frau des Besten Freundes

Montana SEAL's Mail-Order Bride: Ein Bodyguard für die Katalogbraut

SEAL Justice: Ein Bodyguard für Ginnie

Ranger Creed: Ein Bodyguard für Lani

Delta Force Rescue: Ein Bodyguard für Briana

Dog Days of Christmas: Ein Weihnachtswunder

Montana Rescue: Ein Bodyguard für die CIA-Agentin

Montana Ranger Returns: Ein Bodyguard für Jane Doe

Iron Horse Legacy Reihe

Soldier's Duty - Die Pflicht Des Soldaten

Ranger's Baby - Das Baby Des Rangers

Marine's Promise - Das Versprechen des Marinesoldaten

SEAL's Vow - Der Schwur Des Seals

Warrior's Resolve - Der Entschlossene Kämpfer

~*~*~Englische Ausgaben~*~*~

Brotherhood Protectors Series

Shadow Assassin

Delta Force Strong

Ivy's Delta (Delta Force 3 Crossover)

Breaking Silence (#1)

Breaking Rules (#2)

Breaking Away (#3)

Breaking Free (#4)

Breaking Hearts (#5)

Breaking Ties (#6)

Breaking Point (#7)

Breaking Dawn (#8)

Breaking Promises (#9)

Brotherhood Protectors Yellowstone

Saving Kyla (#1)

Saving Chelsea (#2)

Saving Amanda (#3)

Saving Liliana (#4)

Saving Breely (#5)

Saving Savvie (#6)

Brotherhood Protectors Colorado

SEAL Salvation (#1)

Rocky Mountain Rescue (#2)

Ranger Redemption (#3)

Tactical Takeover (#4)

Colorado Conspiracy (#5)

Rocky Mountain Madness (#6)

Free Fall (#7)

Colorado Cold Case (#8)

Brotherhood Protectors

Montana SEAL (#1)

Bride Protector SEAL (#2)

Montana D-Force (#3)

Cowboy D-Force (#4)

Montana Ranger (#5)

Montana Dog Soldier (#6)

Montana SEAL Daddy (#7)

Montana Ranger's Wedding Vow (#8)

Montana SEAL Undercover Daddy (#9)

Cape Cod SEAL Rescue (#10)

Montana SEAL Friendly Fire (#11)

Montana SEAL's Mail-Order Bride (#12)

SEAL Justice (#13)

Ranger Creed (#14)

Delta Force Rescue (#15)

Dog Days of Christmas (#16)

Montana Rescue (#17)

Montana Ranger Returns (#18)

Hot SEAL Salty Dog (SEALs in Paradise)

Hot SEAL,Hawaiian Nights (SEALs in Paradise)

Hot SEAL Bachelor Party (SEALs in Paradise)

Hot SEAL, Independence Day (SEALs in Paradise)

Brotherhood Protectors Vol 1

Iron Horse Legacy

Soldier's Duty (#1)

Ranger's Baby (#2)

Marine's Promise (#3)

SEAL's Vow (#4)

Warrior's Resolve (#5)

Drake (#6)

Grimm (#7)

Murdock (#8)

Utah (#9)

Judge (#10)

The Outriders

Homicide at Whiskey Gulch (#1)

Hideout at Whiskey Gulch (#2)

Held Hostage at Whiskey Gulch (#3)

Setup at Whiskey Gulch (#4)

Missing Witness at Whiskey Gulch (#5)

Cowboy Justice at Whiskey Gulch (#6)

Hellfire Series

Hellfire, Texas (#1)

Justice Burning (#2)

Smoldering Desire (#3)

Hellfire in High Heels (#4)

Playing With Fire (#5)

Up in Flames (#6)

Total Meltdown (#7)

Declan's Defenders

Marine Force Recon (#1)

Show of Force (#2)

Full Force (#3)

Driving Force (#4)

Tactical Force (#5)

Disruptive Force (#6)

Mission: Six

One Intrepid SEAL

Two Dauntless Hearts

Three Courageous Words

Four Relentless Days

Five Ways to Surrender

Six Minutes to Midnight

Hearts & Heroes Series

Wyatt's War (#1)

Mack's Witness (#2)

Ronin's Return (#3)

Sam's Surrender (#4)

Take No Prisoners Series

SEAL's Honor (#1)

SEAL'S Desire (#2)

SEAL's Embrace (#3)

SEAL's Obsession (#4)

SEAL's Proposal (#5)

SEAL's Seduction (#6)

SEAL'S Defiance (#7)

SEAL's Deception (#8)

SEAL's Deliverance (#9)

SEAL's Ultimate Challenge (#10)

Texas Billionaire Club

Tarzan & Janine (#1)

Something To Talk About (#2)

Who's Your Daddy (#3)

Love & War (#4)

Billionaire Online Dating Service

The Billionaire Husband Test (#1)

The Billionaire Cinderella Test (#2)

The Billionaire Bride Test (#3)

The Billionaire Daddy Test (#4)

The Billionaire Matchmaker Test (#5)

The Billionaire Glitch Date (#6)

Cajun Magic Mystery Series

Voodoo on the Bayou (#1)

Voodoo for Two (#2)

Deja Voodoo (#3)

Cajun Magic Mysteries Books 1-3

Boys Behaving Badly Anthologies

Rogues (#1)

Blue Collar (#2)

Pirates (#3)

Stranded (#4)

First Responder (#5)

Blown Away

Warrior's Conquest

Enslaved by the Viking Short Story

Conquests

Smokin' Hot Firemen

Protecting the Colton Bride